Hansjörg Martin, 1920 in Leipzig geboren, wollte ursprünglich Maler, Graphiker, Illustrator werden. Nach dem Studium war er höchst unfreiwillig Frontsoldat und danach – auf der Suche nach dem Broterwerb – hinter- und teils auch nebeneinander: Dekorateur, Clown, Lehrer, Redakteur, Dramaturg, bis er, von einem ersten Romanerfolg ermutigt, »freier« Schriftsteller wurde. In den vergangenen 30 Jahren hat Martin mehr als 90 Bücher – Kinder- und Jugendbücher, Romane, Erzählungen, Kriminalromane und Reportagen – veröffentlicht. Daneben sind Hörspiele, Drehbücher zu Kino- und Fersehfilmen und zahllose Zeitungs- und Zeitschriftenartikel erschienen. Einige seiner Bücher sind in 16 Sprachen übersetzt und verfilmt worden. Richard von Weizsäcker verlieh ihm das Bundesverdienstkreuz.

Von Hansjörg Martin sind außerdem erschienen:

Zwölf Monate Mallorca (Band 60326)
Herzschlag (Band 60357)
Meine schöne Mörderin (Band 60572)
Von Spökenkiekern und Strandpiraten (Band 60470)
Bilanz mit Blutflecken (Band 60445)

Vollständige Taschenbuchausgabe September 1997
Dieses Taschenbuch wurde erstmals 1971 im Rowohlt Taschenbuch Verlag veröffentlicht.
Droemersche Verlagsanstalt Th. Knaur Nachf., München

Umschlaggestaltung: Angela Dobrick, Hamburg
Satz: Ventura Publisher im Verlag
Druck und Bindung: Ebner Ulm
Printed in Germany
ISBN 3-426-60629-1

5 4 3 2 1

Hansjörg Martin

Einer flieht vor gestern nacht

Roman

Knaur

Die Hauptpersonen

Moritz Maier (mit ai)	gerät an ein schönes Mädchen, auf eine fremde Party und in Teufels Küche.
Brigitte (Biggy) Rokoszny	hat keine Ahnung, was gespielt wird. Aber sie macht mit.
Karl Hemling	hingegen weiß, worum es geht: um Kopf und Kragen. Für ihn jedenfalls.
Zizie	ist hellblond und vermutlich zu dumm, um Gewissensbisse zu haben.
Jonny Kramer	schläft gern lang, und nun wird er nie wieder aufwachen.
Fee	will kein Spielverderber sein und stirbt daran.
Lotte Wolff	ist einmal reingefallen, und das reicht ihr.
Anton Kraske	fürchtet für seine Karriere und wird vorsichtshalber zum Spielverderber.
Ruschewey	schreibt Pornographie und ist schon deswegen nicht scharf auf die Polizei.
Johannes Hemling	muß lernen, daß es Dinge gibt, die man auch mit Geld nicht ungeschehen machen kann.
Krim. Ob. Insp. Kreuzer	ein Beamter.
Kommissar Klemens	ein Beamter, der gelegentlich mit Bleistiften spielt.

Hallo, Sie!« rief das Mädchen.

Maier blieb stehen. Er blieb verdutzt und ungläubig stehen und sah sich um, ob vielleicht ein andrer gemeint sei … Aber es war kein andrer da. Nur eine alte Frau mit einer riesigen, rissigen Ledertasche humpelte durch die trübe Bahnhofshalle.

»Meinen Sie mich?« fragte Maier.

Das Mädchen kam näher und sah ihn aus großen dunklen Augen an, ohne zu lächeln, ohne irgendeinen Ausdruck im Gesicht – wie ein Analphabet ein Buch ansieht … Ja, genau so.

Das Mädchen nickte. »Ja. Sie.«

Das war so, daß Maier sich in den Arm kniff, um zu kontrollieren, ob er wach sei. Das war so, wie man es sich tausendmal wünscht, ohne zu hoffen, daß es jemals in Erfüllung geht. Das war so unwahrscheinlich – denn dieses Mädchen war keine Nutte; bestimmt nicht.

Aber vielleicht ging es auch nur um Feuer für eine Zigarette oder um: ›Wissen Sie bitte, wo die Leibnizstraße ist?‹ oder so etwas. Leibnizstraße wäre schon wunderbar. Da könnte man dem Mädchen anbieten, es hinzufahren … und dann … Denn es war ein sehr hübsches Mädchen. *Sehr* hübsch. Kleiner als Maier, ein ganzes Stück kleiner, zierlich, dunkelblond, mit braunen Augen.

»Entschuldigen Sie!« sagte das Mädchen, stand nun vor Maier, einen halben Meter vor ihm, wehte ihm einen Hauch kühles, schweres, süßes, aufregendes Parfum zu und lächelte jetzt und wischte sich mit einer schmalen, bräunlichen rechten Hand, an der kein Ring oder Armband war, eine vorwitzige Haarsträhne aus der Stirn. »Entschuldigen Sie – ich weiß, daß es ganz ungewöhnlich ist … aber Sie sehen nicht aus wie ein Spießer!«

Maier merkte, daß er rot wurde. Er griff zur Krawatte, wich dem Blick des Mädchens aus, der nichts mehr vom Blick eines Analphabeten auf ein Buch hatte, ganz im Gegenteil – und stotterte: »Sehr ... sehr liebenswürdig ...« Dann hatte er sich wieder in der Gewalt. »Was kann ich für Sie tun?«

Die Antwort des Mädchens wurde vom Donnern eines Güterzuges verschluckt, der durch die Halle fuhr. Der Zug nahm kein Ende. Kühlwaggons, Waggons, die in zwei Etagen mit neuen Autos beladen waren, Waggons mit großen grauen Flüssigkeitsbehältern, drei ... vier ... fünf Viehwaggons ... Von der Decke der Halle fiel der Lärm auf Maier und wickelte ihn, das Mädchen und die alte Frau ein, die ihre Tasche vor einem Automaten abgesetzt hatte und daran herumfingerte.

Es war halb zwölf.

Das Mädchen faßte Maiers Arm und wies mit einer Kopfbewegung zum Ausgang. Maier merkte, daß er den Brief noch in der Hand hatte, wegen dem er hergefahren war.

»Augenblick!« schrie er – vier Waggons mit Schrott dröhnten klirrend und scheppernd vorüber –, lief die zwanzig Schritte zum Nachtbriefkasten und warf den Brief ein. Der Güterzug war vorüber. Einen Moment meinte Maier die plötzliche Stille fast körperlich zu spüren, wie eine dicke Wolldecke. Er machte kehrt und ging zurück.

»Na, wie ist das?« fragte das Mädchen, dem nicht klargeworden war, daß Maier die Antwort nicht verstanden hatte. »Kommen Sie mit?«

»Verzeihung«, sagte Maier, »ich konnte bei dem Krach nicht verstehen, was ...«

»Ach so«, sagte das Mädchen mit einem Anflug von Ungeduld, warf einen Blick zum Ausgang der Halle und trat dann – wieder lächelnd – noch einen Schritt näher an Maier heran, so daß er nun richtig umarmt war von ihrem Parfum, wie ein Fisch von den Tentakeln eines Kranken.

»Ja, also ... Wir sind fünf, ja? Wir waren im Theater und wollen noch ein bißchen feiern. In der Wohnung einer Freundin, gleich hier, fünf Minuten, am Röhrs Park, und …« Das Mädchen wurde unsicher, brach ab, biß sich verlegen auf die Lippen, holte aber schließlich tief Luft und fuhr fort: »… und … Ja, wissen Sie … Wir haben gewettet, ob ich jemand finde, jemand Nettes, der mitmacht. Damit nicht immer eine ohne Partner ist und rumsitzt beim Tanzen und so … Verstehn Sie?«

Maier zwinkerte. Ihm fiel ein, wie er manchmal abends allein aus dem Kino oder aus einer tristen Kneipe oder sonstwoher spät unterwegs gewesen war und wie er sich dann ausgemalt hatte, daß eine Frau käme oder ein Mädchen und ihn aufforderte mitzukommen … nur so, nicht für Geld … aus Langerweile oder aus Einsamkeit oder aus Sehnsucht oder aus Hunger nach ein bißchen Liebe. Das waren immer ganz absurde Ideen gewesen, völlig unrealistisch in dieser blödsinnigen Gesellschaft, wo nur die Männer aktiv sein dürfen, wenn sie Sehnsucht haben oder einsam sind.

Eine Party? Nachts halb zwölf von einem fremden, hübschen Mädchen zu einer Party eingeladen werden?

Maier wischte die Assoziationen weg, die ihn anflogen. Blödes Zeitungsgequatsche … Sexorgien? Aber doch nicht in Hamburg-Othmarschen! Unsinn.

Er deutete eine Verbeugung an und sagte: »Ja. Aber warum nicht? Gern!«

»Prima!« Das Mädchen gab ihm die Hand, eine zarte, warme, gut anzufassende Hand. »Ich heiße Brigitte – sagen Sie Biggy zu mir; so nennen mich alle.«

»Maier«, sagte Maier, »mit ai. Und wenn Sie dann auch bitte Moritz …«

»Okay«, lachte das Mädchen, »Moritz ist Klasse. Kommen Sie, Moritz – gehen wir!«

»Muß ich nicht irgendwas mitbringen?« wollte Maier wissen. »Eine Flasche oder zwei oder wenigstens Zigaretten?« Er sah sich

suchend um. Die Kioske waren alle geschlossen, aber vielleicht hatte die Bahnhofswirtschaft noch auf.
»Nein«, sagte das Mädchen, »es ist alles da. Haben Sie einen Wagen?«
»Vor dem Bahnhof, neben der Bushaltestelle.« Sie gingen nebeneinander her dem Ausgang zu.
»Fein«, sagte das Mädchen. »Ich fahre mit Ihnen. Da drüben sind die andern – dort in dem weißen Mercedes. Ich mache Sie nachher bekannt. Fahren wir hinter ihnen her, ja?«
Und sie winkte, ohne Maiers Antwort abzuwarten, über die Straße dem großen Auto zu, aus dessen Vorderfenster ein Männerarm mit breiter weißer Manschette zurückwinkte.
Maier lüftete unsicher den Hut vor der Manschette.

Sie hat einen! Ich werd verrückt!« sagte der Mann, drehte das Fenster, aus dem er gewinkt hatte, wieder hoch und zündete sich eine Zigarette an.
»Hast du daran gezweifelt?« fragte der Schwarzhaarige, der neben ihm saß.
»Hoffentlich ist er richtig«, murmelte eine Frauenstimme im Hintergrund.
Der Mann am Lenkrad ließ den Motor an und schaltete die Scheinwerfer ein. Er wartete, bis im Rückspiegel ein VW auftauchte, die Straße querte, zweimal mit der Lichthupe Zeichen gab und langsam hinter den Mercedes rollte. Dann legte der Mann den Gang ein und fuhr vom Parkplatz auf die leere, hellerleuchtete nächtliche Straße. Ab und zu prüfte er im Rückspiegel, ob der VW ihnen noch folgte.

Als Maier erwachte, wußte er fünf, sechs Atemzüge lang nicht, wo er war.
Sein Kopf tat weh. Er hatte Mühe, die Augen zu öffnen. Erst das rechte ... so. Es war verklebt und verschwollen. Nun das linke ... Scheußlich. Er kniff die Augen wieder zu und öffnete sie von neuem, und noch mal, und noch mal ... Jetzt sah er über die Wölbung des gestreiften Kopfkissens hinweg einen Stuhl, auf dem zerknautscht eine Jacke lag.
Der eine leere Ärmel hing auf den Fußboden. Dort, wo er den verrutschten Bettvorleger berührte, stand ein Schuh. Er kannte den Schuh. Es war sein Schuh. Neben dem Schuh ringelte sich seine Krawatte. Auf dem schmalen Ende der Krawatte lag ein umgekipptes Whiskyglas in einer eingetrockneten schwarzbraunen Lache. Am Rande der Lache lag ein Messer. Ein langes Messer mit einem Holzgriff und einer Sägeklinge, wie man es zum Brotschneiden gebraucht.
Maier fuhr sich mit der Hand über die Augen. Seine Handfläche fühlte sich rauh an. Er betrachtete sie. Eine bröcklige schwarze Kruste bedeckte die Finger. Die Kruste roch seltsam süßlich.
Maier hob den Kopf und sah sich verstört um. Er befand sich in einem Schlafzimmer, das mit hellen Möbeln ausgestattet war, Rüster oder so was. Ein breiter Schrank, dessen mittlere Tür einen großen Spiegel ... In diesem Augenblick sah er im Spiegel, daß rechts neben ihm im Bett eine Frau lag.
Maier ließ den Kopf aufs Kissen sinken, schloß die Augen und befahl sich wach zu werden.
So ein irrer Traum!
In der Hoffnung, jetzt seine vertraute Waschkommode zu sehen und den gelben Spannteppich und die Pantoffeln vor dem Bett, öffnete er wieder die Augen – aber da war noch immer die zerknautschte Jacke, der Schuh, der Schlips, das umgekippte Glas und das Messer.
Mit einem Ruck setzte sich Maier auf. Sein Kopf dröhnte. Die

Luft in diesem Zimmer war wie Sirup. Er warf noch einen Blick in den Spiegel. Da lag die Frau. Ihr schwarzes Haar sah aus wie Pudelfell – lauter kleine, kräuselige Locken. Sie drehte ihm den Rücken zu.
Maier ließ den Blick vom Spiegelbild auf das Original wandern. Die Bettdecke war der Frau von den Schultern gerutscht. Sie war nackt und schlief ganz fest. Keine Bewegung. Kein Geräusch. Nicht mal ein Atemzug war zu hören.
Der nackte Rücken war sehr hübsch. Er war von einem ebenso hübschen Hals und Nacken gekrönt und von einem runden, braunhäutigen Arm flankiert, der in einer feingliedrigen Hand mündete, die mit geöffneten Fingern auf der Bettdecke lag.
Maier sah das alles wie ein Traumwandler.
Zu jeder anderen Stunde hätte es ihn aufgeregt, angeregt, erregt – aber jetzt saß er in dem fremden Bett, in einem fremden Zimmer, neben einer fremden Frau und versuchte sich zu erinnern.

Wie war das gewesen?
An die Bahnhofshalle erinnerte er sich genau. Er hatte den eiligen Brief an Schobes zum Nachtbriefkasten gebracht – jawohl ... Und dann war das Mädchen gekommen. »Hallo, Sie!« hatte das Mädchen gerufen. Das war der Anfang.
Er war mitgegangen, ja, richtig. Sie waren hinter dem weißen Mercedes hergefahren, der das komische Kennzeichen hatte: SE-X-69 – aber er hatte dem Mädchen gegenüber, das schweigend und rauchend neben ihm im Auto saß, sein Grinsen und eine Bemerkung über die Autonummer unterdrückt, natürlich ... Er wußte ja nicht, wie das Mädchen so etwas aufnehmen würde.
Und schließlich, nach kurzer Fahrt durch die stille Stadt, hatten sie vor einem der hohen, hochherrschaftlichen Miethäuser aus der späten Gründerzeit gehalten, hatten die Wagen geparkt – der

Mercedes stand unter einer dicken Kastanie: Maier fand Platz für seinen VW neben einer Telefonzelle, zehn, zwanzig Meter weiter – und hatten sich auf der nächtlichen Straße rundum die Hände geschüttelt und Namen genannt und Floskeln getauscht wie: »Sehr erfreut!« – »Ganz meinerseits!« – »Angenehm!«

Zwei junge Männer und ein weiteres Mädchen waren aus dem Mercedes gestiegen. Maier konnte sich auch an die Namen des einen Burschen erinnern und an den des zweiten Mädchens: Karl und Zizie. Das Mädchen Zizie hatte lange, weißblonde Haare, himmelblaue Augen und eine Stimme, die nach viel zu vielen Zigaretten und nach Mitternacht klang.

Es war übrigens genau Mitternacht gewesen, als die Händeschüttelei vor sich ging. Von einer Kirche, die nicht zu sehen war, hatte es zwölf geschlagen, während sie zu fünft auf die hohe, geschnitzte, schwere Tür des Gründerzeithauses zugingen.

Maier hatte seine Mitfahrerin gefragt, wo denn die dritte Dame sei, und die hatte mit dem Daumen nach oben gezeigt, zum zweiten oder dritten Stockwerk des Hauses:

»Sie ist schon vorgefahren, um den Korn kaltzustellen.«

Bis dahin erinnerte sich Maier gut. Sogar Einzelheiten fielen ihm wieder ein. Im Hausflur, der nach irgendwelchen Chemikalien roch, hatte der schwarzhaarige junge Mann, den sie Jonny nannten, »Pst!« gemacht, und sie waren flüsternd an einer verblaßten Wandmalerei vorbei zum Fahrstuhl gegangen.

Der holzgetäfelte Kasten hatte sie knarrend in den 2. Stock gebracht. Maier erinnerte sich an einen prüfenden Blick des weißblonden Mädchens, den er im narbigen Spiegel des Fahrstuhls aufgefangen hatte. Er erinnerte sich an die Tür der Wohnung … Gelbliche Mattglasscheiben … ein dicker Abtreter … ein Porzellanklingelknopf, der ein Pingpangping-Geläute auslöste, als der Schwarzhaarige ihn drückte … Und er erinnerte sich an die Frau, die geöffnet hatte.

Sie war älter als die beiden Mädchen, vielleicht schon dreißig, sah

gut – oder besser: interessant – aus, hatte schmale graue Augen, aus denen sie Maier neugierig angesehen hatte, und – ja, es war die Frau, die jetzt nackt neben ihm lag und schlief.
»Guten Morgen miteinander!« hatte sie gesagt und dabei auf einen kleinen Mosaiktisch gezeigt, auf dem gefüllte Gläser standen.
Von da an war der Film gerissen.
Maier bemühte sich um eine zusammenhängende Rekonstruktion der Vorgänge, aber es tauchten nur verschwommene Bruchstücke auf: Er hatte getanzt. Die Frau, mit der er getanzt hatte, war sehr gut anzufassen gewesen. Sie trug ein seidenes Hosenkleid und offenbar nichts darunter. Von einer Wand des hohen großen Zimmers grinsten ein paar mexikanische Masken …
Er hatte sich, rauchend und trinkend – Wodka war das, kühler, starker Wodka – mit einem der Männer unterhalten, mit dem, der Karl gerufen wurde, und hatte sich ein bißchen ausgefragt gefühlt … Er hatte in einem Sessel gesessen, die weißblonde Zizie vor ihm auf dem Fußboden, so daß er von oben in ihre Bluse sehen konnte … Er hatte irgendwas gegessen – Käse, richtig; Käse und Oliven … und er hatte versucht, Biggy, das Mädchen aus der Bahnhofshalle, zu küssen, als sie mit ihm tanzte. Aber das war schiefgegangen, weil der schwarzhaarige Bursche seinen Arm zwischen sie beide geschoben und »Laß das sein!« gesagt hatte.
Darauf gab es irgendeine Streiterei und ein paar Worte, die Maier nicht verstand und die sich seltsamerweise in ein allgemeines, großes Gelächter auflösten.
Sonst nichts. Wirres Zeug. Wortfetzen. Gefühlsscherben. Erinnerungssplitter. Irgendein Kuß, irgendeine Frauenbrust in seiner Hand. Gläser, Musik, Zigarettenrauch …
Am liebsten hätte Maier weitergeschlafen. Wie spät mochte es sein? Es war schon hell draußen. Kurz vor sechs, zeigte die Armbanduhr.

Wenn nur sein Kopf nicht so schwer wäre!
Er schob die Daunendecke von den Beinen, stellte erstaunt fest, daß er die Hose anhatte – schlimm sah die aus –, und hob langsam und leise die Füße über die Bettkante.
Kaltes Wasser! dachte er; kaltes Wasser ... Viel, viel kaltes Wasser! Dann wird mir besser werden. Ich muß das Badezimmer ... Es wird ja wohl ein Badezimmer geben. Aber ich darf sie nicht wecken. Auch die andern nicht ... Wo sind die eigentlich alle? Nebenan? Oder fort? Maier bückte sich im Sitzen, um seinen zweiten Schuh zu finden. Ihm wurde jedoch so schwindlig, daß er sich sofort wieder aufrichtete. Das Bett knarrte.
Er stand langsam auf und ging in Strümpfen zur Tür. Dabei mußte er um das breite Doppelbett herumgehen. Durch einen Vorhangspalt fiel das Tageslicht auf die Schlafende. Als Maier die Tür erreicht hatte, wandte er sich ihr zu, um sich zu vergewissern, daß sie schlief.
Er erstarrte mitten in der Bewegung. Seine Hand schwebte über der Türklinke, sein Oberkörper verharrte in der Drehung.
Die Frau sah ihn an. Sie sah ihn aus ihren grauen, schmalen Augen unverwandt an, ohne irgendeine Reaktion.
»Ich ... Ich wollte, Pardon ...«, sagte Maier heiser und ließ die Hand sinken. »Ich suche ...«
Er vollendete seinen Satz nicht, weil er sah, daß die Augen der Frau unverändert starr geradeaus blickten, ohne zu zwinkern. Er schluckte. Ihm wurde ... Nein, unbehaglich war zuwenig. Er konnte den Blick nicht von dem Gesicht der Frau wenden und flüsterte: »Hallo! So sagen Sie doch was! Sagen Sie doch irgendwas ... bitte ...!«
Nichts.
Draußen ratterte ein Motor. Von einer Kirche schlug es sechs. Maier nahm seinen Mut zusammen und ging näher. Noch bevor er das Bett erreicht hatte, wußte er, daß die Frau tot war.
Maier scheute sich, sie zu berühren. Er hätte ihr gern die Augen

zugedrückt, denn dieser tote Blick machte ihn fast verrückt – aber er wagte es nicht.
Als er die Bettdecke ein wenig beiseite zog, sah er die Wunde. Es war ein zwei Zentimeter breiter Einstich, eine Handbreit über der linken Brustwarze. Ein dunkelrotes, glitzerndes Rinnsal sickerte aus der Wunde über den Leib der Frau. An den Rändern war das Rinnsal zu einer schwarzen und bröckeligen Kruste geronnen. Das Bettlaken schimmerte dunkel – und es roch irgendwie süßlich und so widerlich, daß Maier gegen aufsteigende Übelkeit ankämpfen mußte und schnell die Decke wieder über die Schulter der Toten schob. Dabei berührte er nun doch aus Versehen ihre Haut und fuhr zurück, weil sie sich wie Porzellan anfühlte ... Nein, wie Fisch. Oder wie das Blatt eines Gummibaums. Oder nein – wie eine aufgeblasene Plastiktüte ...
Maier sah seine Hand an, starrte drei – vier – fünf Sekunden lang auf die schwarze, bröckelige Kruste an seinen Fingern, und sein benebeltes, verkatertes, schwerfällig arbeitendes Gehirn glich einer Fernsprech-Selbstwählautomatik, es schien zu schnarren, zu klicken, zu rasseln ... bis auf einmal die Verbindung hergestellt war. Und Maier, noch immer seine Hand vor Augen, spürte plötzlich sein Herz im Hals klopfen.
»Nein!« sagte er laut und erschrak über den Klang seiner Stimme. Er hatte Angst, und die Angst wuchs.
Er rannte kopflos um das Bett herum, raffte sein Jackett vom Stuhl, sammelte seine Schuhe und seinen Schlips auf, nahm auch das blutbeschmierte Messer mit und lief zur Tür, ohne die tote Frau noch mal anzusehen. Raus! dachte er nur; raus hier ... schnell raus ... raus!
Die Tür quietschte.
Der Flur, in den Maier trat, war dunkel und roch nach Mottenpulver. Nur durch die Mattglasscheiben der Flurtür drang gelbes Licht. Schwer festzustellen, ob das Sonnenschein oder die Hausbeleuchtung war.

Es war nichts zu hören.
Von den fünf Türen, die am Flur lagen, waren drei halb offen.
Maier legte Jackett und Schlips auf einen hochlehnigen Stuhl mit gedrechselten Beinen, stellte die Schuhe davor und schlich, das Messer in der Rechten, zur ersten Tür, drückte sie sachte auf und steckte den Kopf durch den breiten Spalt.
Er erkannte den Raum wieder, in dem sie heute nacht getanzt hatten – aber es war keine Spur der Party mehr zu sehen. Die Flaschen und Gläser, die überall herumgestanden hatten, waren verschwunden. Der große Aschenbecher aus Muranoglas stand leer und sauber auf dem viereckigen Marmor-Couchtisch, die Möbel waren an ihrem Platz, die dunkelblauen Samtvorhänge waren aufgezogen.
Durch die großen Fenster konnte Maier das grüngoldene Geflimmer einer Pappel sehen, die vor dem Haus in den Himmel ragte und von der frühen Sonne beschienen wurde.
Maier ließ die Tür offen und schlich zur nächsten, die ebenfalls nur angelehnt war. Er fand dahinter einen dunkel tapezierten Raum mit einem langen, weißgedeckten Tisch, auf dem eine große Blumenschale stand. Sonst waren nur zwei Gläser- und Geschirrvitrinen und acht steife Stühle in diesem Zimmer. An der Wand hing ein Bild von der Größe eines mittleren Schwimmbeckens, und es stellte auch ausschließlich Wasser dar, das sich unter einem zerrissenen Himmel in den hochseeüblichen Zuckungen erging. Das Bild war so naturgetreu gemalt, daß einem bei längerem Hinsehen die Augen vom Salzwasser brannten. Das Zimmer roch – wie schon das Party-Zimmer nebenan – frisch gebohnert, sauber, unbenutzt, ein klein wenig modrig – so wie die ›guten Stuben‹ auf großen Bauernhöfen wochentags riechen, wenn sie verschlossen sind. Im nächsten Zimmer – auch hier war die Tür offen – standen rundum klobige Schränke an den Wänden; Koffer und Hutschachteln lagen darauf. Zwischen den Schränken stand ein Bügeltisch und auf einem Hocker ein leerer

Wäschekorb. Das schmale, hohe Fenster war ganz und gar von verschiedenen Zierpflanzen umrankt. Eine davon trug handgroße rosa Blüten, und es roch im ganzen Raum heftig nach Anis, Vanille, Zimt und Kardamom.

Die Tür nebenan war geschlossen. Maier bückte sich und spähte durchs Schlüsselloch. Der Raum schien – soweit das festzustellen war – ganz leer zu sein.

Maier drückte die Klinke vorsichtig herunter. Mit einem kleinen Knacken öffnete sich die Tür und gab den Blick auf leere Wände frei. Lediglich links vom Fenster standen zwei ziemlich schäbige kleine Sessel und ein runder dreibeiniger Tisch, auf dem sich ein seltsames Gerät befand. Maier hielt es für eine Wasserpfeife und würde sich gewiß darüber gewundert haben, wenn er nicht im Augenblick andere Sorgen gehabt hätte.

Die fünfte Tür führte in eine weiß-blau gekachelte Küche, von der aus noch eine weitere schmale Tür in das große Badezimmer ging, das zugleich, durch einen Plastikvorhang getrennt, die Toilette beherbergte.

Maier ging zum Abwaschbecken, drehte den Kaltwasserhahn auf und warf das blutverkrustete Messer unter den zischenden Strahl. Dann schüttete er sich aus hohlen Händen Wasser über den Kopf und ins Gesicht und spürte, daß seine Benommenheit verging wie ein Frühnebel in der Sonne.

Er wusch sich gründlich die Hände, trocknete sich mit dem blaugrauen Handtuch, das neben dem Elektroherd hing, ab – und erst jetzt fiel ihm auf, wie sauber die Küche war: kein Stück schmutziges Geschirr, kein benutztes Glas, nichts Dreckiges außer dem Messer, von dem sich nun im Abwaschbecken unter dem Wasserstrahl wolkige rotbraune Schlieren lösten.

Maier reinigte das Messer und wischte es gründlich trocken. Er sah in den Mülleimer: nicht ein Zigarettenstummel. Er sah in den Wandschrank, in den Kühlschrank, in die Klappfächer über dem Spültisch … Alles war tadellos aufgeräumt; es gab kein einziges

Anzeichen dafür, daß ein paar Stunden zuvor sechs Menschen in dieser Wohnung gefeiert hatten. Nur auf dem Küchentisch stand ein kleines Tablett mit einer halbvollen Whisky-Flasche und einem leeren Glas.
Maier war in Versuchung, sich – gleich aus der Flasche – einen Schluck zu genehmigen. Er streckte schon die Hand aus …
Da hörte er durch das offene Küchenfenster in der Ferne die Sirene eines Peterwagens.

Hier«, sagte der Polizist: »Priebe … stimmt!« Er drückte auf den Porzellanknopf. Pingpangping, machte die Klingel.
Es rührte sich nichts.
»Klingle noch mal!« sagte der zweite Polizist.
Der erste drückte den Knopf dreimal hintereinander. Die Männer warteten.
Das Haus blieb still. Die Treppenhausbeleuchtung erlosch. Der zweite Polizist ging zum rotglimmenden Lichtschalter und schaltete sie wieder ein.
»Neee …«, sagte der erste. Und nach einer weiteren kleinen Pause fragte er: »Machen wir auf?«
»Klar!« erwiderte der zweite und zog seine Pistole. Das Klicken des Sicherungshebels war bis oben zur Dachbodentür zu hören.
Der erste bückte sich zum Schlüsselloch und holte dann einen Bund Dietriche aus der Tasche.
»Steckt ein Schlüssel drin?« fragte der zweite.
»Nein!« sagte der mit den Dietrichen.
»Um so besser.« Der zweite stellte sich seitlich in den Türrahmen, die Pistole in Hüfthöhe. »Stoß sie auf, wenn du das Schloß offen hast, und spring beiseite!« Seine Stimme war jetzt leise und gespannt.
Der erste Polizist, ein mittelgroßer, dicklicher Mann, dessen

dichtes hellrotes Haar unter der Dienstmütze hervorquoll, versuchte nacheinander mehrere Dietriche, ohne den Schnapper des Schlosses zu fassen zu kriegen. Er kam langsam ins Schwitzen, schob sich die Mütze ins Genick, so daß auf seiner schweißbeperlten, sommersprossigen Stirn ein tiefeingedrückter roter Streifen vom Mützenrand sichtbar wurde.
»Scheiße ...«, murmelte er und steckte den fünften Dietrich ins Schlüsselloch.
»Soll ich mal?« fragte der zweite, ein großer, schmaler, dunkler Mann mit einem Profil, bei dem man an Häuptling Fliegender Pfeil denken mußte. Seine Spannung war abgeflaut. Er hatte die Hand mit der Pistole sinken lassen und beugte sich zu dem ärgerlich fummelnden Kollegen.
Jetzt griff der Dietrich. Das Schloß schnappte. Der große Polizist sprang zurück, der rotblonde stieß die Tür auf und sprang ebenfalls zur Seite, beide standen mit schußbereiter Pistole rechts und links am Türrahmen ... Da ging das Treppenlicht wieder aus.
Sonst geschah nichts.
Aus den offenstehenden Zimmertüren fielen Lichtstreifen auf den dunkelgrauen Teppich des Flures. In einem der Lichtstreifen lag eine Krawatte.
»Hallo!« rief der Polizist mit dem Indianerprofil ins Innere der Wohnung.
»Los, gehen wir rein!« sagte der Rotblonde nach ein paar Sekunden.
Sie machten das richtig gefechtsmäßig: Einer blieb immer in Deckung und gab Feuerschutz, während der andere die Türen aufstieß. Der Lange öffnete zuerst die Küchentür. Dadurch entstand Gegenzug. Die Flurtür fiel zu. Die zwei Polizisten erschraken vor dem Knall, fuhren herum, richteten ihre Pistolen ins Halbdunkel und hielten den Atem an ...

Maier erhob sich. Er hatte Mühe, die vier Schritte von dem Winkel neben dem alten Militärspind vor der Dachbodentür, wo er gehockt hatte, bis zum Treppengeländer zu gehen, denn seine Beine waren eingeschlafen.

Nach dem Zuknallen der Wohnungstür herrschte völlige Stille im Haus. Maier schüttelte die Beine, um die Blutzirkulation wieder in Gang zu bringen. Seine Kniegelenke knackten. Langsam kam das Gefühl kribbelnd zurück.

Er hatte da oben alles gehört: die Schritte und Stimmen der zwei Polizisten, das Knacken des Sicherungshebels, das Rappeln und Rasseln am Türschloß, das Auffliegen und das Zuschlagen der Tür – alles.

Jetzt klopfte er sich den Staub von der Hose und stieg, die Schuhe in der Hand, treppab. Alle fünf, sechs Stufen blieb er stehen und lauschte. Im zweiten Stock beschleunigte er den Schritt, huschte an der Wohnungstür mit dem Namensschild *Priebe* vorüber, zog sich schließlich am Ende der Treppe die Schuhe wieder an, dachte, idiotisch, die Schuhe auszuziehen – wenn mir jemand begegnet wäre? –, und trat blinzelnd aus dem kühlen, dunklen Haus in den kühlen, hellen Sonntagmorgen hinaus auf die leere Straße.

Der weiße Mercedes, der ihn in der Nacht hergelotst hatte, war verschwunden. An seiner Stelle parkte ein Peterwagen.

Maier ging auf seinen VW zu, schloß auf und setzte sich ans Steuer.

Auf der anderen Straßenseite kam ein schwarzer Ford und hielt vor dem Haus. Vier Männer entstiegen ihm. Sie trugen Zivil. Zwei von ihnen schleppten schwere Taschen, einer schulterte ein Fotostativ. Die Männer drehten sich nicht um, sonst hätten sie Maier in seinem Auto sitzen sehen. Sie gingen direkt auf das Haus zu. Der eine, ein großer, schlanker mit grauen Haaren über einem jungen Gesicht, blieb noch einen Moment zurück und betrachtete die Fassade mit ihrem Gründerzeit-Steinmetzzierat.

»Die Mordkommission!« flüsterte Maier und fror plötzlich. Sein Kopf tat immer noch weh. Vor allem die Augen schmerzten, wenn er sie schnell bewegte.
Er ließ den Motor an und fuhr los.
Im Dreißig-Kilometer-Tempo lenkte er seinen Wagen durch die Straßen, deren Stille ihm unheimlich vorkam, als ob hinter jeder Ecke, hinter jeder Haustür, hinter jedem Fenster jemand stünde, der ihn mit den Augen verfolgte.
Ein gelangweilter Polizist lehnte an einer Laterne und sah ihm uninteressiert nach. Ein Hund trottete über die Fahrbahn. Ein Ehepaar mit Rucksäcken auf den Rücken radelte am Straßenrand. Auf der Rasenfläche vor einer Kirche standen ein paar dunkel gekleidete Leute wie Krähen am Saume eines Feldes. Eine alte Frau schob einen klapprigen Kinderwagen vor sich her, in dem ein Stapel Sonntagszeitungen lag. Das weiße Cape mit dem roten Emblem hing über dem Handgriff des Kinderwagens und schleifte mit einem Zipfel auf der Erde.
Maier stellte sein Auto nicht auf den gemieteten Parkplatz vor dem Wohnblock, sondern fuhr es sechzig Meter weiter unter die große Linde, die dort ihr Blätterdach ausbreitete. Er blieb noch ein paar Minuten sitzen und beobachtete durch den Rückspiegel die Straße, ehe er ausstieg. Als er von außen die Wagentür abschloß, fiel ihm der Zündschlüssel zu Boden, und als er sich danach bückte, rutschte das Brotmesser aus seiner Innentasche und klirrte auf die Steine. Das klang so laut, daß Maier entsetzt eine lange Reihe Sekunden in gebückter Stellung blieb und sich vorsichtig über beide Schultern blickend vergewisserte, daß das Messerklirren nicht alle Bewohner aus den Betten geschreckt hatte.
Er schob die Hand über das Messer und faßte es an der Spitze und ließ es in den Ärmel seiner Jacke gleiten, wo es kalt an der Haut entlangglitt – kalt, bösartig, feindselig.

Maier war in Versuchung, wieder die Schuhe auszuziehen und in Strümpfen die zwei Treppen zu seiner Wohnung hinaufzusteigen, zumal er wußte, daß einige Stufen laut knarrten. Er konnte sich nur nicht merken, welche das waren. Aber dann stieg er doch beschuht treppauf, etwas leiser als sonst, wenn er nachts oder morgens nach Hause kam, noch mehr darauf bedacht, nicht gehört zu werden – jedoch auch eigenartig gleichgültig: Na, wenn schon! Es war ihm ohnehin sehr unklar, was nun werden, wie es weitergehen sollte.
Aus der offenstehenden Tür seines Arbeitszimmers fiel das bläuliche Licht der Schreibtischlampe auf den kleinen Flur, der nach kaltem Zigarettenrauch roch. Er hatte die Schreibtischlampe nicht ausgeknipst, als er sich zum Nachtbriefkasten aufgemacht hatte.
Das war nicht zwölf Jahre, sondern erst sechs Stunden her oder sieben …
Der Lichtkreis lag auf der Schreibtischplatte wie aufgemalt und beschien das Briefpapier, das Heftchen mit den rotleuchtenden Marken, den Aschenbecher und noch ein Dutzend Krimskramsdinge, wie sie auf allen Schreibtischen, die nicht von Pedanten benutzt werden, so herumliegen.
Maier ließ das Messer aus seinem Jackenärmel auf den Briefblock rutschen. Es wackelte noch ein bißchen, warf das Lampenlicht an die Zimmerdecke und ließ einen hellen Streifen nervös hin und her fahren.
Maier knipste, irritiert von dem Geflimmer, die Lampe aus und zog den Vorhang auf. Dann stand er lange geistesabwesend vor seinem Schreibtisch, registrierte unbewußt das Bellen eines Hundes auf der Straße, das Erwachen der Familie in der Wohnung über ihm, irgendein leieriges Radiomusikgedudel und das summende Schlagen des Regulators nebenan in seinem Wohnzimmer.
Sieben Uhr.

Er ging mit schweren Schritten in die Küche, um sich einen Kaffee zu machen.

Die Gesichtsfarbe des rundum runden Mannes ging von Lachsrot allmählich in das Blauviolett dunklen Flieders über, während er sich tiefer über die Tote beugte, mit behenden Fingern die blassen Lippen der Leiche auseinanderschob und dann durch einen fachmännischen Druck auf Kinn und Kiefer den Mund öffnete.
Kommissar Klemens, der dieser Untersuchung mit leise angewidertem Ausdruck zusah, bemerkte die Farbveränderung mit Sorge, aber er wußte nicht, wie er eingreifen sollte, fand auch keinen denkbaren Dreh, den schnaufenden Dicken vor einem deutlich drohenden Schlaganfall zu bewahren – zumal der Violette ja Arzt war.
»Phantastisches Gebiß«, sagte der Doktor jetzt und richtete sich zu Klemens' Erleichterung auf; »eine Plombe, eine Jacketkrone ... ungewöhnlich für eine Frau Mitte Dreißig. Hätt sie noch lange mit beißen können, mit den Zähnen!« Er hatte nun wieder eine normale Gesichtsfarbe und sah den Kommissar an. »Aber ... Na, nun nützen sie keinem mehr was. Schade, so schöne Zähne!«
»Können Sie schon etwas über die Zeit sagen, Herr Doktor?« fragte der Kommissar, mehr, um den tiefschürfenden Ergüssen des Arztes ein Ende zu bereiten.
Der Dicke griff nach der Hand der Toten, spielte mit ihren Fingern, was nach grausiger Zärtlichkeit aussah, bog ihren Daumen, spreizte ihren Zeige- und Mittelfinger, hielt das Handgelenk fest und ließ die Finger hängen. Dann hob er den schönen nackten Arm an, bewegte das Ellbogengelenk, das Schultergelenk, faßte unter den Kopf der Frau, betastete ihre Nackenmuskeln und drehte sachte ihren Hals.

»Sechs bis acht Stunden«, sagte er schließlich; »nageln Sie mich nicht fest, Kommissar …«

»Danke.« Klemens wandte sich nun doch ab, denn der Arzt sperrte mit einem Griff das linke Auge der Frau auf, und das sah so schlimm aus im kalten Morgenlicht, das durch die Fenster fiel, daß der Kommissar unwillkürlich die Zähne zusammenbeißen mußte, weil ihm ein Schauder über den Rücken kroch.

Aus dem Nebenzimmer kam der lange Polizist mit dem Indianerprofil. »Können wir beide jetzt gehen, Herr Kommissar?«

»Von mir aus«, erwiderte Klemens. »Ihre Namen hab ich, und Sie machen mir einen Bericht, nicht wahr?«

»Jawohl!« Der Polizist deutete einen Gruß an, warf noch einen schrägen Blick auf die Tote, auf deren entblößter Brust der dicke Arzt jetzt mit dem Daumennagel Striche zog, und wandte sich mit einer fast soldatischen Kehrtwendung zur Tür.

»Wo ist der Schlips?« rief Klemens ihm nach.

Der Mann machte im Türrahmen halt, drehte sich noch mal um und gab Auskunft, daß der Schlips dem Kollegen von der Spurensicherung ordnungsgemäß übergeben worden sei.

»Danke!« sagte der Kommissar. Der Mann mit dem Indianergesicht verschwand.

»Was ganz Genaues kann ich Ihnen erst nach der Obduktion sagen«, erklärte der Arzt und ließ jetzt endgültig von der Toten ab. »Was sie zuletzt gegessen hat, ob sie im Schlaf erstochen worden ist, ob sie betrunken war …«

»Auch, ob sie vor ihrem Tod noch Verkehr … und wann …«

»Auch das«, nickte der Dicke. »Alles, was Menschen in den letzten Stunden tun und treiben, ehe sie sich ins Jenseits verabschieden, alles kann man von ihren Überresten ablesen – wie in einem Buch. Vorausgesetzt, man kriegt die Leiche frisch und relativ unbeschädigt auf den Tisch – so wie unsere hübsche Dame mit dem prachtvollen Gebiß hier, dann ist es kein Problem, Kommissar …

Aber ich erzähle Ihnen Binsenweisheiten – auch wenn Sie noch kein alter Hase sind.«
»Es ist mein dritter Fall«, sagte Klemens. »Die beiden anderen waren einfacher: eine Wirtshausprügelei mit Todesfolge und ein Totschlag, bei dem der Täter neben der Leiche saß, als wir kamen, und uns gleich alles erzählte, wie es gewesen war und so. Aber hier ... Das sieht nach Vorsatz aus, nach Planung und böser Intelligenz – und ich habe bisher nichts, keinen Schimmer ...«
»Sie haben doch den Schlips, Kommissar!« sagte der Arzt lächelnd.
»Ja, den Schlips ...«
Klemens verzog das Gesicht. »Suchen Sie mal einen Mann, der einen rostroten Schlips getragen hat – so einen, wovon es bestimmt fünfzigtausend gibt ...«
»Das Leben gibt den Sterblichen nichts ohne Mühe, hat schon der olle Horaz gewußt«, witzelte der Doktor tröstend und ging ins Badezimmer, um sich die Hände zu waschen.
Kommissar Klemens blieb noch eine Weile mit geistesabwesendem Ausdruck vor der Toten stehen.
Auf der Straße bellte ein Hund.
Im Nachbarzimmer rappelten die Kollegen, die nach Spuren suchten.
Die Kirchenglocke draußen schlug summend.
Sieben.
Klemens löste den Blick von der Leiche, verließ das Schlafzimmer und ging den dämmrig beleuchteten Flur entlang auf die Küche zu.
Ein Kaffee wäre jetzt gut, dachte er.

Maier stand vor dem Spiegel und sah sich an. Er betrachtete sein Spiegelbild, als wäre es das Gesicht eines Fremden.
Er war überrascht, wie wenig er von diesem Gesicht wußte. Es war wie eine Entdeckungsreise – oder so, als betrachte ein Kurz-

sichtiger zum erstenmal eine Landschaft durch eine Brille, die er seit Jahren täglich ohne Brille betrachtet hat.
»Wie schief das alles ist ...«, sagte Maier zu sich selbst, bog die tatsächlich etwas schief stehende knubbelige Nasenspitze mit Daumen und Zeigefinger ein wenig nach links, konnte sich aber nun kein Bild mehr machen, weil die Hand im Wege war, schob das linke Augenlid ein paar Millimeter nach oben, weil es tiefer zu sitzen schien als das rechte – aber nun war sein Gesicht erst recht verkorkst und fremd und noch viel asymmetrischer als zuvor.
Er entdeckte Falten um die Augen, empfand zum erstenmal, wie treffend der Ausdruck ›Krähenfüße‹ dafür war, denn die kritzeligen Kratzer sahen wirklich aus wie Vogelspuren im Sand ... und er ließ den Blick verblüfft über seine Lippen wandern – schiefe, zerklüftete Lippen; die untere warf Schatten, so weit sprang sie vor, eine Hängelippe ... irgendein Fürstenhaus hatte so ähnliche, nicht wahr? Die Hohenzollern oder die Habsburger – oder wer? Unsinn. So ein Unsinn ... So ein verdammter Unsinn, vor dem Spiegel zu stehen und sich anzugucken!
Maier schüttelte sich, wie einer, der aus einem Teich auftaucht, griff zum Rasierpinsel, ließ Wasser laufen, bis es heiß genug war, und begann, sich einzuseifen.
Als er die weiße Clownmaske fertig hatte, hielt er nochmals inne und fragte seine Augen, die über dem weißen Schaum besonders eindringlich wirkten: »Wißt ihr was?« fragte er halblaut. »Habt ihr was gesehen? Habe ich die Frau ...?«
Nein, sagten die Augen.
»Idiot!« sagte Maier, holte tief Luft und setzte behutsam das Rasiermesser an die Wange.
Es ging ihm besser als noch vor einer Dreiviertelstunde. Die Hand zitterte nicht mehr. Der Kaffee und der Honigtoast hatten gutgetan. Er hatte heiß und kalt geduscht, war wach und frisch und fühlte sich fit – nur die Barriere zwischen dem Jetzt und dem

Geschehen der vergangenen Nacht machte ihm zu schaffen. Und sie wurde, je mehr er darüber grübelte, höher und immer unüberwindbarer. Aber Maier selbst wurde ruhiger. Seine Hände, wie gesagt, zitterten nicht mehr. Er beendete seine Rasur, ohne sich ein einziges Mal zu schneiden.

Als er Rasierwasser in die Höhlung der linken Handfläche schüttete, klingelte das Telefon.

Maiers hohle Hand erstarrte mitten in der Bewegung zum Kinn. Sie bebte. Das Rasierwasser floß ihm über den Daumenballen, sickerte kühl den Unterarm entlang und tropfte ins Waschbecken. Die Telefonklingel schrillte.

Maier rieb sich den Rest ins Gesicht, ging zum Telefon und hob ab. »Hallo …?« Seine Stimme klang rostig. Er hörte jemand atmen. »Hallo, hallo …«, wiederholte er.

»Herr Maier?« fragte eine Stimme.

Es war eine fremde Männerstimme. Maier glaubte, sie noch nie gehört zu haben, aber das wollte nichts besagen; denn Stimmen werden vom Telefon immer verzerrt und verändert … Er schluckte. »Ja?«

»Also ich an Ihrer Stelle«, sagte die fremde Stimme, »ich würde mich sofort der Polizei …«

»Wer sind Sie?« schrie Maier. »Was wollen Sie?«

»Aber, aber …«, sagte die fremde Stimme, »regen Sie sich doch nicht auf, Herr Maier! Ich will ja doch nur Ihr Bestes … In so einer Lage brauchen Sie gute Ratschläge, könnte ich mir denken – oder?« Der Mann lachte. Er lachte ein impertinentes, böses Lachen.

Maier warf den Hörer auf die Gabel und sah sich gehetzt um. Seine Selbstsicherheit, die vorhin wie eine Frühlingsblume den Kopf aus der Erde gesteckt hatte, war kaputt, als hätte ein schwerer Stiefel draufgetreten. Er lehnte sich an die Wand neben der Flurgarderobe, schloß die Augen und zwang sich zur Ruhe.

Was soll ich denn sagen? dachte er. Soll ich sagen: Hier bin ich

– aber ich glaube nicht, daß ich die Frau getötet habe? Ich weiß es nicht genau, aber ich bin eigentlich sicher, daß ich es nicht war? Ich kann mich an so gut wie nichts erinnern – ein weißer Mercedes, ein Mädchen, das Biggy hieß, und ein paar andere Leute … ein junger Mann, der Jonny gerufen wurde, und eine weißblonde, zierliche Kleine – Zizie oder so ähnlich. Wodka; viele Zigaretten – aber ich weiß nicht, wie das Messer vor mein Bett gekommen ist. Ich weiß nicht mal, wie ich in das Bett gekommen bin – nichts … Soll ich das sagen? Die lachen mich doch einfach aus! Und dann behalten sie mich gleich dort und fragen, fragen, fragen – tagelang, immer wieder … Aber ich weiß doch wirklich nichts …

Das Telefon klingelte.

Maier stieß sich von der Wand ab und rannte in sein Schlafzimmer. Er riß die schweinslederne Reisetasche vom Schrank, warf ein paar Hemden hinein, Socken, Wäsche, Taschentücher – immerzu klingelte dabei das Telefon, und das Klingeln wirkte auf Maier wie Sporen auf ein Pferd.

»Wo ist die rostrote Krawatte?« sagte Maier laut.

Das Telefon verstummte.

Er sank auf die gepolsterte Truhe am Fußende seines Bettes, die vollgestopfte Ledertasche offen auf den Knien.

»Ich hab sie doch noch aufgehoben. Sie lag unter einem umgekippten Glas … neben dem Messer …«

Maier sprang auf, lief ins Bad, schmiß Rasierzeug, Seife, Waschlappen und Haarbürste in die Tasche, lief ins Arbeitszimmer, zog die Schublade seines Schreibtisches auf, holte aus der Innenseite der Briefmappe das schmale Bündel Geldscheine, das er dort aufbewahrte – für eilige Fälle, für Notfälle –, ohne auch nur im Traum an einen *solchen* eiligen Notfall gedacht zu haben. Er steckte das Geld, dreihundert Mark, in ein Kuvert und verstaute es in seinem Jackett, das er vom Stuhl nahm und anzog. Er faßte suchend in die Taschen des Jacketts, überlegte, kramte auf dem

Schreibtisch herum, griff nach dem großen Messer, ließ es in die Reisetasche fallen, suchte weiter, überlegte – wo war das Notizbuch mit den Adressen? Er sah sich suchend im Zimmer um, knurrte einen Fluch und wollte gerade auf das Bücherregal zugehen, um dort weiterzusuchen, als das Telefon abermals zu klingeln anfing.

»Verflucht!« sagte er laut, lief zur Tür, setzte sich im Laufschritt die Mütze auf, angelte Mantel und Schal vom Haken, ging hinaus und schloß leise die Wohnung.

Das Telefon klingelte nicht mehr.

Oben im Haus rief eine Kinderstimme: »Mama …!«

Irgendwo verbreitete ein Radio orgelklangumrahmte Frömmigkeit. Acht Uhr.

Als er die Treppe herunterkam, trat Frau Hockenholz aus ihrer Wohnungstür. Sie hatte das schwarze Kellnerjackett ihres Mannes über dem Arm und eine Kleiderbürste in der Hand.

»Morgen!« sagte Maier.

»Schön gu'n Morgen, Herr Maier!« quiekte Frau Hockenholz. Ihre Stimme erinnerte Maier immer an Fingernägel auf Fensterglas und jagte ihm Schauer über den Rücken.

»So früh am heiligen Sonntag? Wollen Sie verreisen?«

»Ja«, murmelte Maier und verhielt den Schritt.

»Für länger?« fragte die Frau, fummelte in den Taschen des Jacketts herum, fand eine Münze, ließ sie in ihre Schürzentasche gleiten und begann, die Bürste in Bewegung zu setzen.

»Paar Tage, denk ich …« Maier tippte an die Mütze und ging an Frau Hockenholz vorbei.

»Gute Reise!« rief sie ihm noch nach, als er schon halb aus der Tür war.

Es fiel ihm ungeheuer schwer, sich nicht umzuschauen, während er über den breiten Plattenweg vor dem Haus zu seinem Wagen ging. Orpheus, dachte er und hätte gegrinst, wenn er dazu aufgelegt gewesen wäre.

Bevor er einstieg und den Motor anließ, sah er noch unter den Sitzen und im Handschuhfach nach, fand jedoch auch dort das kleine Adreßbüchlein nicht, das er vorhin schon so verzweifelt in seinem Arbeitszimmer gesucht hatte.
Er fuhr los, ziemlich durcheinander wegen des unauffindbaren Büchleins, das er gerade jetzt so dringend gebraucht hätte, fuhr die Straße entlang bis zur Kreuzung und bog dort nach links ab, ohne in den Rückspiegel gesehen zu haben.
Es ist schwer zu sagen, ob er erschrocken gewesen wäre, wenn er hineingesehen hätte, denn der Wagen, der vor dem Haus stoppte, das Maier soeben verlassen hatte, war ein ganz unauffälliger Mittelklassewagen. Und die beiden Männer, die ihm entstiegen, als Maier schon weitergefahren war, hatten auch nichts Besonderes an sich.
Ein gewiefter Kenner würde die zwei sofort als Kriminalbeamte ausgemacht haben – aber so ein Kenner wohnte nicht in dem Haus, auf das sie zuschritten, und auch in keinem der anderen Häuser ringsum.

Frau Hockenholz krempelte die Taschen im Jackett ihres Mannes nach außen und rümpfte die Nase über den Tabakkrümelmüll, der herausrieselte, da öffneten die beiden unauffälligen Herren die Haustür.
Sie hatten sich draußen vor der Klingelleiste vergewissert, daß dies die richtige Adresse war, und machten sich nun daran, ihres Amtes zu walten. Der eine hatte vorsichtshalber die Pistole entsichert, die er in der Trenchcoattasche trug, der andere hatte die Handschuhe angezogen – unbewußt, wie einer, der es vermeiden will, sich die Finger schmutzig zu machen.
Das Auftreten von zwei Fremden am Sonntagmorgen verblüffte Frau Hockenholz so sehr, daß sie fast vergaß, den ›Guten Tag‹ zu

erwidern, den Kommissar Klemens, der Ältere, der mit den Handschuhen, ihr im Vorbeigehen bot.
»Guten Tag ...«, stotterte sie, als die beiden schon eine halbe Treppe höher waren.
Sie bürstete in ihrer Verwirrung das schon ausgebürstete Taschenfutter noch einmal. Dann legte sie lauschend den Kopf schief und beugte sich, atemlos vor Neugier, nach vorn. Sie hörte die Männer haltlaut reden, ohne verstehen zu können, was da gesagt wurde, und ging, was bei ihrer Fünfzigerfülle sehr komisch wirkte, ein paar Schritte auf Zehenspitzen bis zur Treppe.
Die Klingel in Maiers Wohnung schrillte.
Ja, es mußte Maiers Klingel sein, denn Stengels, gegenüber, hatten sich so ein melodisches Geläute angeschafft, vor drei oder vier Wochen.
Frau Hockenholz faßte sich ein Herz.
»Hallo«, rief sie, »wollen Sie zu Herrn Maier?«
Kriminaloberinspektor Kreuzer, der mit der entsicherten Pistole in der Manteltasche, trat ans Treppengeländer: »Ja, zu Herrn Maier ...«
»Der ist nicht da!« verkündete Frau Hockenholz. »Da hätten Sie ein paar Minuten früher ...«
Sie kam nicht dazu, ihren Satz zu vollenden, denn die Männer sprangen, drei Stufen auf einmal nehmend, die Treppe herab und standen nun vor ihr.
»Ist er eben erst weg?« fragte Klemens.
»Ja, eben!« nickte Frau Hockenholz und sah von einem zum andern. »Was wollen Sie denn so früh am Sonntag von ihm?«
»Es ist wegen ...« Kreuzer suchte nach Worten.
»Wegen eines Unfalls, sozusagen!« fiel Klemens ein. »Herr Kreuzer soll da als ... als Zeuge gewissermaßen.«
»Sind Sie von der Polizei?« wollte Frau Hockenholz wissen. Die Sensationslust glitzerte in ihren kleinen Augen, die wie flinke

schwarze Käfer zwischen den Speckpölsterchen ihres Gesichtes hin- und herliefen.
»Ja«, sagte Klemens. Es blieb ihm nichts anderes übrig.
»Ein Unfall? Und Herr Maier als Zeuge?« Frau Hockenholz trat einen Schritt zurück auf ihre offene Wohnungstür zu und schürzte mißtrauisch die Oberlippe, so daß die makellose Reihe dritter Zähne sichtbar wurde. »Und da kommen Sie gleich mit zwei Mann? Sonntags früh um achte …?«
»Gewiß«, sagte Kreuzer eifrig und beschwichtigend, aber das half nichts, das Mißtrauen erlosch nicht in Frau Hockenholz' Gesicht.
»Wann ist Herr Maier denn weg?« fragte Klemens.
»Vor gut fünf Minuten. Sie müßten ihm beinahe begegnet sein … mit 'ner Reisetasche und 'm Mantel überm Arm – gradc eben … Ist er schuld an dem Unfall, wie? Fahrerflucht? Hat er einen totgefahren? Oder warum sind Sie so hinter ihm her?« Ihre Glasschneiderstimme überschlug sich vor Aufregung.
Klemens holte tief Luft. »Nein, nein …«, sagte er mühsam mit beschwichtigend erhobener Hand, »das sehen Sie falsch, gnädige Frau!« Die Anrede paßte hier und jetzt und zu Frau Hockenholz wie ein Rilke-Gedicht ins Hofbräuhaus, aber ›liebe Frau‹ konnte er auch nicht sagen, und irgendeine Anrede mußte er gebrauchen. Frau Hockenholz schluckte die gnädige Frau und zupfte an ihrer Schürze. »Ich meine ja man bloß …«
»Ist Herr Maier mit dem Wagen weg?« fragte Klemens, den günstigen Wind gleich geschickt nutzend.
»Weiß ich nich«, sagte Frau Hockenholz. »Aber wahrscheinlich, nich wahr? Denn er hatte ja seinen Mantel nur so überm Arm, wie gesagt. Steht denn das Auto nicht mehr draußen?«
»Keine Ahnung«, platzte Kreuzer heraus. »Wir wissen nicht, was für'n Wagen …«
»Ich denke, Sie kommen wegen 'nem Unfall?« Frau Hockenholz hatte die gnädige Frau vergessen und war wieder ganz Mißtrauen. »Da müßten Sie doch wissen, was für 'n Auto der Maier fährt,

wenn Sie wegen ’nem Unfall kommen. Das versteh ich nicht! Ist ja komisch … oder?«

Ihre Stimme war vor Argwohn so schrill geworden, daß aus dem Dunkel des Wohnungsflurs ihr Mann rief:

»Was’n los, Alma?«

»Komm doch mal, Arthur!« quiekte sie zurück.

Arthur Hockenholz kam. Er trat in Pantoffeln, Hemdsärmeln und ohne Kragen in den Türrahmen. Aus dem zerdrückten Bündchen seines nicht mehr so ganz taufrischen Hemdes faltete sich ein roter Hals, der so heftig an einen Truthahn erinnerte, daß Klemens sich nicht gewundert haben würde, wenn Arthur Hockenholz zu kollern begonnen hätte. Die Halsfalten des Mannes gingen, ein Minimum von Kinn außer acht lassend, in tiefe Falten rechts und links des kleinen rosafarbenen Mundes über – *facies gastricum*, dachte Klemens, der selbst solche Magenfalten hatte, wenn auch nicht so schöne und ausgeprägte – und verloren sich im gespreizten Gestachel eines rotblonden Oberlippenbartes, der nach Rotbarschgräten aussah und ebenso schwierig zu pflegen wie lästig für die damit geküßte Partnerin sein mußte. Klemens konnte sich allerdings Arthur Hockenholz ohnehin nicht als Herzensbrecher vorstellen, denn die Nase über dem Rotbarschgrätengestrüpp sah aus, als sei sie mehrmals intensiv mit harten Gegenständen – Mauersteinen, Boxerfäusten, Bierseideln – in enge Berührung gekommen … Auch die blaßblauen Äuglein mit den weißlichen Wimpern an leicht entzündeten Lidern schienen nicht geeignet, Glutblicke zu werfen.

Allerdings kann man da die tollsten Überraschungen erleben. Während seiner Anfängerzeit hatte der Kommissar mal einen Heiratsschwindler dingfest machen müssen, dem die Verführung, Täuschung und planmäßige Ausplünderung von 32 Damen vorgeworfen und nachgewiesen wurde. Passable, gutaussehende Vierzigerinnen waren darunter und nette ältliche Mädchen von Geschmack und Bildung. Klemens hatte den Herrn morgens um sechs aus der Wohnung eines der Opfer geholt. Er würde nie vergessen, wie erschüttert er war – nicht von der Aufregung der Witwe, die aus allen Wolken fiel, schrie, jammerte, weinte, sich die Haare raufte – sondern von der Erscheinung des Betrugsreisenden in Sachen Eros. Das war vielleicht ein mickriges Birnenmännchen gewesen! Ja, richtig – und so einen Bart wie Hockenholz hatte er auch gehabt.

Klemens schrak aus seinen Gedanken, denn Arthur Hockenholz, dem seine Eheliebste indessen berichtet hatte, worum es ging, trat, die Daumen forsch unter die blau-weiß-grün gestreiften Hosenträger geklemmt, einen Schritt vor und sagte zu den beiden Beamten:

»Darf ich wohl mal Ihre Ausweise sehen, meine Herren?«

Kreuzer wollte losbrüllen, aber Klemens legte ihm besänftigend die Hand auf den Arm und sagte lächelnd: »Aber natürlich, Herr ... Herr ...«

»Hockenholz!« sagte Hockenholz und nahm die Filzpantoffeln zusammen.

»Kommissar Klemens!« sagte Klemens und holte seine Dienstmarke aus der Tasche. Er sagte absichtlich ›Kommissar‹, weil Leute wie das Ehepaar Hockenholz nur helfen würden, wenn sie Hochachtung – oder besser: Obrigkeitsangst – hatten.

»Danke schön, Herr Kommissar.« Hockenholz kam sich außerordentlich wichtig vor. »Womit kann ich Ihnen ... wollen Sie nicht reinkommen?«

»Aber es ist ja noch alles durcheinander!« quiekte Alma protestierend.

»Nein, danke«, sagte Klemens. »Kennen Sie das Auto, das Herr Maier fährt, Herr Hockenholz?«

Dem Kellner ging ein bißchen Luft aus der Blase seiner Wichtigkeit. Mehr nicht? War das alles? Nicht ›Haben Sie Schüsse gehört ...?‹ oder so? »Ja«, sagte er enttäuscht; »es ist ein heller VW.«

»Was für ein Kennzeichen?« fuhr Kreuzer dazwischen.
»Kennzeichen?« Hockenholz ließ die Daumen aus den Hosenträgern rutschen. Seine Hände hingen jetzt hilflos neben den dünnen Oberschenkeln in der zu weiten Hose.
»Polizeiliches Kennzeichen!« bohrte Kreuzer.
»Ich verstehe nichts von Autos ...«, sagte der Kellner.
»Nummernschild!« warf Klemens ein. »Was für eine Nummer hat der Maiersche Wagen?«
»Ach so!« Hockenholz strahlte. »Ja ... HH – und dann irgendeine Zahl ...«
Die beiden Beamten gaben es auf. Kreuzer klapperte auf Klemens' Geheiß die anderen vier Wohnungen im Hause ab, doch er erreichte nichts. Keiner wußte Maiers Autonummer. Kreuzer schimpfte. Klemens fragte ihn lächelnd, ob er die Kennzeichen der Autos seiner Hausbewohner und Nachbarn kenne. Kreuzer dachte nach, runzelte die Stirn, stand verdutzt vor der Erkenntnis, daß er ebenso dußlig war wie die dußligen Leute hier im Hause, und hörte prompt auf zu fluchen.
»Kennen *Sie* denn die Autonummern Ihrer Nachbarn?« fragte er den Kollegen nach einer Weile.
»Aber natürlich nicht«, sagte Klemens, »bis auf eine, die so komisch ist ...«
»Wie – komisch?« wollte Kreuzer wissen, während sie das Haus verließen und über den Plattenweg auf ihren Dienstwagen zugingen.
»Ja«, sagte Klemens, »der Wagen hat nämlich das Zeichen SA-33.«
»Und das finden Sie komisch?« Kreuzer war irritiert.
Klemens grinste. »Er gehört einem jungen Mann, der auf Lenin schwört, eine Mao-Plakette an der Rückscheibe hat und aussieht wie Che Guevara.«
Kreuzer konnte dem Vorgesetzten geistig nicht folgen. Er fand das nicht komisch, worüber Klemens kichern mußte. Aber er

verzog natürlich trotzdem seinen Mund zu einem Grinsen, denn soviel wußte er aus fünfjähriger Dienstzeit, daß es ungeschickt ist, ernst zu bleiben, wenn Ranghöhere lustig sind – und umgekehrt.

Einer der Kollegen, so wurde erzählt, habe laut gelacht, als einem Abteilungsleiter beim Mittagessen in der Kantine durch eine schnelle Kopfbewegung die Brille in die Erbsensuppe gefallen war. Der Mann – der lachende Kollege – sei heute noch Kriminalassistent, so wurde bei dieser Erzählung betont.

Kreuzer wechselte also das Thema. »Woher wissen Sie eigentlich, daß dieser Maier mit dem Mord zu tun haben soll?« fragte er.

»Ich weiß nicht, ob was dran ist«, erwiderte Klemens und stieg ins Auto, »aber es kam in der Wohnung, in der wir die Tote fanden, ein Anruf, der ihn bezichtigte – anonym natürlich. Ich wollte mir gerade einen Kaffee kochen lassen …«

»Und woher wußten Sie überhaupt, daß da eine Tote …?«

»Ebenfalls durch einen anonymen Anruf. Leider hat die Zentrale das Gespräch nicht mitgeschnitten – sonst hätten wir wenigstens die Stimme …«

»Na ja – so 'ne Telefonstimme …«, meinte Kreuzer zweifelnd.

»Sicher ist das wenig …« Klemens schaltete die Funksprechanlage ein. »Aber besser als gar nix, nicht?«

Die Leitstelle meldete sich. Klemens nannte seinen Namen und gab Order, man möge schnellstens das Kennzeichen des VW feststellen, der auf einen Herrn Moritz Maier zugelassen sei, da und da wohnhaft, und so weiter …

»Wird 'n bißchen dauern«, sagte der Kollege am anderen Ende der drahtlosen Leitung.

»Warum?« wollte Klemens wissen.

»Sonntags …«, erklärte der Gegensprecher.

»Ach so«, meinte Klemens, »das hatte ich tatsächlich völlig vergessen.«

»Hoffentlich ist die Karre auf seinen Namen zugelassen«, murmelte Kreuzer.

Maier fuhr die Reihe der leeren Parkplätze auf dem Bahnhofsplatz entlang und lenkte seinen Wagen dann zwischen einen Transporter und einen Pritschenwagen, die da standen. Er kam sich dabei wie ein Rebhuhn vor, das auch nur von Deckung zu Deckung rennt und niemals bei Tag eine freie Fläche überquert, ohne vorher den Himmel nach Raubvögeln abgesucht zu haben.
Als er die Bahnhofshalle betrat, die am Tage kleiner wirkte, enger, dunkler und schmutziger, erschrak er bei dem Gedanken, daß erst neun Stunden vergangen waren, seit das Mädchen auf ihn zugekommen war und ›Hallo, Sie!‹ gerufen hatte.
Von dort drüben war das Mädchen gekommen, klein, zierlich, dunkelblond, mit braunen Augen ... Maier meinte das Parfum wieder zu riechen, dieses kühle, schwere, süße, aufregende Parfum, das ihm entgegengeweht war, und er sah die schmale bräunliche Hand vor sich, die eine vorwitzige Haarsträhne aus der Stirn wischte ...
Neun Stunden? Unglaublich!
Und davon fehlten ihm sechs, fast sieben Stunden völlig. Nur Bruchstücke, Wortfetzen, Gefühlsschnipsel waren übriggeblieben – aber dann, vom Erwachen neben der toten, fremden Frau an war alles ganz realistisch ... Wahnsinn! Es war so realistisch, so gespenstisch, so ungeheuerlich, daß Maier im Hintergrund seiner Gedanken immer noch hoffte, es sei ein böser Traum, aus dem er gleich aufwachen werde.
Aber er wachte nicht auf. Er war wach.
Der Bahnhof war leer. Vor dem Wartesaal zweiter Klasse stand eine Gruppe Jungen in Pfadfinderkluft. Sie trugen Rucksäcke und Tornister. Einer hatte eine Klampfe geschultert. Der Kleinste, der

unter seinem breitrandigen Hut wie ein Pilz aussah, hielt stolz einen Wimpel.
Maier ging an der lachenden, schwatzenden Gruppe vorbei und hatte plötzlich einen Anfall von richtigem, brennendem Neid auf soviel Sorglosigkeit, Unbekümmertheit und Fröhlichkeit ... Laß das! wies er sich zurecht. Er kam sich vor, als sei er im Begriff gewesen, einem Kind ein Bonbon wegzunehmen. »Laß das!« sagte er laut, schüttelte den Kopf und trat an den Zeitungskiosk. Er sah den erstaunten Blick der Frau, die dort verkaufte, lächelte sie verlegen und etwas schief an und verlangte die zwei Sonntagszeitungen, von denen Stapel auf dem Tresen lagen.
»Ist Ihnen nicht gut?« fragte die Frau. Sie fragte es mit sächsischen Lauten, und das erklärte ihre Anteilnahme. Eine Hamburgerin hätte sich eher die Zunge abgebissen, als eine solche Frage zu stellen.
»Doch, doch«, beeilte sich Maier zu sagen.
»Weil Sie so blaß sind und so komisch gucken«, sagte die Frau und gab ihm das Wechselgeld.
»Nein, nein«, erwiderte Maier, »alles in Ordnung, danke! Bißchen lange gefeiert und so ...«
Er probierte ein Schwerenöter-Grinsen, aber das schien nicht so recht zu gelingen, denn die Frau sah ihn nur neugierig an und hob die Augenbrauen.
Maier verzog sich mit seinen Zeitungen unterm Arm hinter eine der Tafeln mit den Abfahrts- und Ankunftszeiten. Er blätterte hastig die erste Zeitung durch, ohne eine Meldung über den Mord zu finden. Auch in der zweiten war nichts ... Ihm fiel ein, daß das ja gar nicht möglich war: Die Polizei war zu einem Zeitpunkt eingetroffen, als die Sonntagszeitungen schon unterwegs zu den Verkäufern gewesen sein mußten. Er ärgerte sich über die nutzlos ausgegebenen Groschen, warf das Bündel Zeitungen in einen Papierkorb und wollte gehen.
Da traf sein Blick auf ein Plakat: Sonderzüge nach Kopenhagen.

Einer der rot-schwarz uniformierten königlichen Wachsoldaten, wie sie auch als Holzfiguren an Touristen verkauft werden, war darauf zu sehen, und eine hübsch gemalte Kulisse mit dem Schloß, dem Tivoli und der kleinen Meerjungfrau am Hafen. *Abfahrt täglich 8 Uhr 45 über die Vogelfluglinie. Drei Tage mit Unterkunft und Halbpension* … Ein erstaunlich niedriger Preis.
Und keine Menschenseele würde ihn dort vermuten … Noch eine halbe Stunde bis zur Abfahrt. Sein Auto könnte er fix in eine Nebenstraße fahren, damit es nicht so direkt vor dem Bahnhof stand …
Aber wenn sie an der Grenze den Paß oder den Personalausweis verlangten? Und wenn sie nun schon nach ihm fahndeten? Und wenn sie ihn dann aus dem Sonderzug rausholten, vor aller Leute Augen festnahmen?
Aber das war ja ziemlich unwahrscheinlich … oder?
Woher sollten sie wissen, daß er, Moritz Maier, derjenige war, der die Frau … Nein, er hatte sie ja nicht getötet.
Oder doch?
Warum hätte er's denn tun sollen? Es gab überhaupt kein Motiv für ihn.
Bis jetzt wußten sie es nicht, sonst wären sie längst in seine Wohnung gekommen. Andererseits – woher hatten sie gewußt, daß in jener anderen Wohnung etwas nicht stimmte?
Man fuhr noch über drei Stunden bis zur Grenze – und in drei Stunden, in diesen drei Stunden, konnten sie leicht auf seiner Spur sein. Alle Grenzstationen würden sicher sofort benachrichtigt werden … Nein. Es ging nicht.
Maier verlangsamte seinen Schritt.
Die Pfadfinder feixten über den Mann, der da hinter den Abfahrtstafeln hervorgeschossen war, im Eilschritt an ihnen vorüberkam und jetzt plötzlich langsam ging, als schritte er im Gefolge eines Leichenwagens. Komischer Kauz! Die Jungen konnten sich gar nicht beruhigen.

Maier merkte nichts davon. Er verließ die Bahnhofshalle und ging über den weiten Vorplatz auf sein Auto zu. Er hatte schon den Schlüssel in der Hand, da trat plötzlich hinter dem Transporter ein Polizist hervor. Maier erschrak so sehr, daß er für eine oder zwei oder drei Sekunden – man hat in solchen Situationen kein Zeitgefühl – glaubte, sein Herz bliebe allen Ernstes stehen. Er faßte sich mit der linken Hand an die Brust, um zu fühlen, ob es noch klopfte. Es klopfte noch. Maier holte tief Luft. Es klopfte immer noch. Langsam kam auch das Blut wieder in Maiers Gesicht. Ruhe! sagte er zu sich selbst, blickte mit einem völlig unbeteiligten Blick an dem Uniformträger vorbei und ging weiter.

»Ist das Ihr Wagen?« fragte der Beamte.

»Ja«, sagte Maier.

»Wie lange parken Sie hier schon?«

»Zehn Minuten«, sagte Maier. Die Erleichterung, die ihn überflutete, hatte Ähnlichkeit mit einem kleinen Sektschwips. »Oder zwölf«, fuhr er fort, »es können möglicherweise auch zwölfeinhalb ...«

Der Polizist legte den Kopf in den Nacken und sah ihn mit zusammengekniffenen Augen an. Aha, dachte er, so einer ist das! Einen auf die Schippe nehmen, wie? Freche Antworten, aber so, daß er nicht zu fassen ist ... Na warte, Bürschchen, dir werd ich's ...

»Warum wollen Sie das wissen?« fragte Maier.

»Die Parkuhr ist abgelaufen!« verkündete der Polizist.

»Nein«, sagte Maier.

»Wieso – nein?« Der Polizist kaute, ohne etwas im Munde zu haben. Seine Backenmuskeln arbeiteten. »Wenn ich sage, sie ist abgelaufen, dann stimmt das, verstehen Sie?!« Der Klang seiner Stimme weckte Assoziationen zu einem aufziehenden Gewitter. Ein Idiot bin ich, dachte Maier; statt fix die zwei Mark – oder fünf Mark, oder was weiß ich, wieviel – zu bezahlen ... Statt dessen

lege ich mich mit dem Kerl an – nur, weil ich mich im Recht weiß … oder glaube … Nur, weil ich diese Art von Ordnungshüter nicht ausstehen kann … »Die Uhr ist, was mich angeht, nicht abgelaufen«, sagte er, »denn ich habe sie, als ich parkte, gar nicht in Gang gesetzt. Und wenn sie nicht gelaufen ist, kann sie auch nicht abgelaufen sein … Oder?«
»Das ist mir egal«, sagte – nach einer Schaltpause – der Polizist, zückte Block und Kugelschreiber und wandte sich nach rückwärts, um die Nummer von Maiers Wagen zu notieren.
»Das sollte Ihnen aber nicht egal sein«, sagte Maier.
»Wenn Sie sogar zugeben, die Parkuhr nicht betätigt zu haben …« Der Polizist grinste schadenfroh.
»Tu ich sonntags nie!« grinste Maier zurück. »Vielleicht lesen Sie mal, was an der Parkuhr dransteht.«
»Werden Sie nicht …!« polterte der Polizist los. Aber ›frech‹ oder ›unverschämt‹ oder so was sagte er nicht mehr. »Sonntags?« Seine Sicherheit schmolz wie Fett in der Pfanne, einmal warf sie noch Blasen und brutzelte: »Auch sonntags müssen Sie …«
»Nee, eben nicht«, sagte Maier.
»Ja – aber …« Dann gab der Polizist es auf. Es war, als stünde ein Mann mit viel zu kurzen Beinen vom Stuhle auf und könnte nun gerade eben noch auf die Tischplatte blicken. »Tja … dann …«, stammelte er. »… ’ntschuldigen Sie. Also ich habe nicht … nicht dran gedacht, daß heute …«
»Bitte«, sagte Maier und schloß sein Auto auf. »Kann ja mal passieren, Herr Hauptwachtmeister!«
Der Beamte, der nur einfacher Wachtmeister war, legte die Hand grüßend an die Mütze und lächelte geschmeichelt. Dann trat er zurück, sah nach links und rechts und winkte Maier aus der Parklücke.
Maier fuhr davon. Der Polizist blickte ihm nach.
Ein Mann kam auf ihn zu.
»Ach, Verzeihung«, sagte der Mann, »können Sie mir wohl zwei

Fünfer in einen Zehner wechseln, Herr Wachtmeister? Für die Parkuhr.«
»Die ist sonntags außer Betrieb!« verkündete das Auge des Gesetzes.
»Ist denn heute Sonntag?« fragte der Mann verblüfft.
»Na hören Sie mal!« Der Polizist wandte sich ab und machte Tz-tz-tz.

Dies war genau der Zeitpunkt, an dem das Mädchen Brigitte, Biggy genannt, erwachte, jenes Mädchen, das neun Stunden zuvor ›Hallo – Sie!‹ gerufen hatte, als Maier in die Bahnhofshalle kam.
Biggy erwachte an diesem Morgen zum zweitenmal. Das erste Mal war kurz vor sieben gewesen. Der kleine Wecker neben ihrem Bett, der auf kurz vor sieben eingestellt, dessen Klingel aber nicht aufgezogen war, hatte leise *klick* gemacht. Davon war Biggy halb wach geworden, hatte ein paar Sekunden gebraucht, um sich darüber klarzuwerden, daß sie heute nicht aufzustehen brauchte, hatte alle anderen Probleme, die Schlange vor ihren Gedankengängen standen, verscheucht, hatte ein bißchen geschnauft, sich die Decke über die Ohren gezogen und weitergeschlafen.
Sie hatte noch anderthalb Stunden sehr fest geschlafen, hatte sogar irgendwas geträumt, irgendwas, das jetzt nicht mehr recht zu fassen, das aber beklemmend, beunruhigend, bedrückend gewesen war.
Nun öffnete sie blinzelnd die Augen, drehte sich auf den Rücken, wischte sich mit ihrer braunen, schmalen Hand eine Haarsträhne aus der Stirn und versuchte, die Ereignisse des gestrigen Abends und der vergangenen Nacht zu entwirren.
Jetzt hatte sie den Anfang des Fadens. Ja, so war das gewesen:

Am Freitag hatte Jonny angerufen, Jonny Kramer, den sie seit etwa zwei Jahren kannte – von irgendeiner Party … Ja richtig, von der verrückten Party damals bei diesem komischen Malerehepaar, draußen in der Heide … Das war vielleicht eine Kiste gewesen! Sieben Mann hoch hatten sie sich in das kleine Auto gequetscht, das dem einen Mädchen gehörte … Wie hieß die noch? Na, egal. Und dann waren sie im Sand steckengeblieben, auf einem der Waldwege, früh halb drei. Und Jonny war mit ihr, als alles Schieben und Schuften das Auto immer nur tiefer in den Sand setzte, durch den Wald zur Straße gelaufen … Sie wußte noch genau, wie enttäuscht sie gewesen war, daß er nicht versuchte, sie in den Arm zu nehmen – wie enttäuscht und zugleich dankbar sie gewesen war … ja.
Jonny, den sie seitdem sporadisch immer nur irgendwo gesehen und getroffen hatte, auf Parties, beim Schwimmen, im Beatschuppen, vor dem Kino … Jonny hatte also angerufen: Ob sie mit ins Theater kommen wolle?
Brigitte hatte sich gewundert, denn es war nichts zwischen Jonny und ihr. Sie hatte im vorigen Jahr Silvester beinahe mal mit ihm geschlafen – aber alles war eben immer nur beinahe gewesen … Silvester zum Beispiel: Da war Jonny so blau gewesen, daß er auf der Couch neben ihr eingeschlafen war und ganz schauderhaft zu schnarchen begonnen hatte, seine Hand auf ihrer Brust – umbringen hätte sie ihn können vor Ärger, Enttäuschung, Wut und dem Gefühl des Verschmähtseins …
Theater? Okay. So ein Ehestück, ziemlich hart und so – alle zerrissen sich seit Wochen die Mäuler darüber.
»Wann?« hatte sie gefragt.
»Morgen abend!« hatte Jonny geantwortet.
Komisch, daß Jonny sie ins Theater einlud … Kino, na klar; das immer. Oder Musical, auch noch. Oder zum Tanzen oder eben auf irgendeine Party … Aber Theater? Sie hatte noch nie von ihm gehört, daß er sich für Theater interessierte.

Also schön – Theater.
Jonny hatte draußen vor dem Eingang gestanden, als Biggy angetanzt kam – drei Minuten vor Beginn, auf den letzten Drücker.
»Los, schnell, Mädchen!« hatte er gesagt. »Hast du wieder deinen Nagellack nicht trocken gekriegt? Mach zu, die andern sind schon drin!«
»Welche andern?« hatte sie gefragt.
»Karl und sein Mädchen«, hatte Jonny gesagt.
»Kenn ich die?«
»Sicher!«
Jonny hatte ihr immerhin aus dem Mantel geholfen – es lag wohl an der Eleganz rundum und an den schwarz gekleideten Herren und an den Damen in Abendkleid und Nerzstola und an dem strengen Blick der Garderobenfrau. Jedenfalls half ihr Jonny aus dem Mantel, was sie als Sensation empfand, aber auch als angenehm.
»Der ist aus 'm Westen, den trifft man manchmal beim ›Hottehüh‹ oder im ›Alten Kahn‹ ...«
›Aus dem Westen‹ bedeutet hier in der Stadt, daß der Genannte aus einem der vornehmen Vororte westlich der Alster stammt. ›Aus dem Westen‹ ist ein Statussymbol, so was wie ›spielt Golf‹ oder ›hat ein Haus in Kampen‹ oder ›fährt 'n Mercedes ...‹.
Es war keine Zeit für weitere Fragen geblieben. Sie hatten sich durch die Sitzreihe quetschen müssen, als die Kandelaber ringsum schon dunkel wurden. Im Halbdunkel hatte Biggy dem jungen Mann, der neben ihr saß, die Hand geschüttelt und auch das Mädchen an seiner Seite begrüßt. So jung war er nicht mehr, vielleicht achtundzwanzig – dreißig.
Nein, sie kannte ihn nicht.
Sie hatten prima Plätze, fünfte oder sechste Reihe vorn, sicher ziemlich teuer. Wie kam Jonny bloß daran?
Es kam ein wenig kühl von der Bühne her, als der Vorhang

aufging. Biggy war froh, daß sie das dunkelblaue Hochgeschlossene angezogen hatte, sonst würde sie sicher gefroren haben.
Das Stück war wirklich ziemlich dick. Es fing gleich mit einem Bett an, in dem sich zwei herumsielten und miteinander alberten. Im Kino ist das ja nichts Besonderes mehr, aber komischerweise empfand Biggy es auf der Bühne peinlich, als der halbnackte Mann an der dreiviertelnackten Frau rumfummelte. Vielleicht, weil das Kino eben doch eine Art Konserve ist oder so, als ob sich irgendwie hinter Glas abspielt, was sich da abspielt – während man hier im Theater, in der sechsten Reihe, so unmittelbar dabei war, beinahe den Schweiß der beiden im Bett riechen zu können glaubte … irgendwie widerlich, fand Biggy.
In der Pause hatten sie im Foyer eine Zigarette geraucht. Es war noch ein Mädchen aufgetaucht, das der Karl, der übrigens wirklich nach reichem Stall aussah, als seine ›große Schwester‹ vorgestellt hatte.
Es war Biggy noch jetzt, da sie in ihrem Bett lag und den Faden der Ereignisse abzuspulen versuchte, nicht klar, woher Jonny die Leute eigentlich kannte. Sie hatte sich nicht denken können, was diesen Karl veranlaßt haben mochte, für Jonny und sie die teuren Theaterkarten zu spendieren – denn daß er der Spender war, hatte Jonny erwähnt.
Sie selbst hatte weder den Karl noch seine ein wenig dümmliche weißblonde Gefährtin, die sich selbst als ›Zizie‹ vorgestellt hatte, noch die ›große Schwester‹ vorher jemals irgendwo gesehen.
Die ›große Schwester‹ war eigentlich noch die netteste von dem ganzen Verein gewesen. Sie wurde ›Fee‹ gerufen, war entweder eine guterhaltene Mittdreißigerin oder eine ein bißchen verlebte Endzwanzigerin, das konnte man nicht so sagen. Aber nett war sie: Nur rauchte sie so gierig, daß Biggy immerzu Angst gehabt hatte, der Qualm würde ihr am Ende aus dem tiefen Dekolleté wieder herauskommen.
Während sie da so rumgestanden, Publikum beguckt, gelästert

und geraucht hatten, war zum erstenmal die Rede davon gewesen, nach dem Theater noch irgendwas zusammen zu unternehmen. Jonny hatte einen Tanzschuppen am Hafen vorgeschlagen. Die blonde Zizie aber hatte gemeint, in der Bar vom Hotel ›Römischer Brunnen‹ spielte eine geradezu hinreißende jugoslawische Combo: »… Also einen Sound haben die Jungen …«

»Aber wie wär's denn, wenn wir alle zusammen zu dir führen, Schwesterlein?« hatte Karl gefragt.

Und Biggy hatte plötzlich ›ach so‹ gedacht. Es schien ihr mit einemmal alles klar. Der kleine Karl aus dem Westen hatte ein paar Stündchen Gruppensex im Sinn. Hübsch ausgedacht: den unbedarften Jonny kapern, der sich auch noch geschmeichelt fühlt, den auf die langweilige Freundin ansetzen, gut genug sieht er ja aus, ihn eine hübsche Puppe mitbringen lassen, so eine wie sie, Biggy – und dann in Schwesterchens sturmfreier Wohnung kreuz und quer mang die Betten.

Aber nicht mit mir, hatte Biggy gedacht, und schon gar nicht, wenn ihr als Anheizer so 'n Bett-Theaterstück aussuchen müßt, Leute … Sie hätte sich das ja eigentlich vorher denken können, hatte sie gedacht.

Nur um neben Jonny und einem kleinen Mädchen aus Hamburg-Mitte im Theater zu sitzen, gibt so ein Junge aus dem Westen auch keine paar hundert Märker aus, und wenn er's noch so flüssig hat.

Der dritte Akt des Dramas auf der Bühne spielte in einem Garten, wo so eine Art Hollywoodschaukel zum Ort der Handlungen erhoben wurde. Es war streckenweise ganz amüsant, zumal der eine Schauspieler, von dem alle Welt wußte, daß er im Leben rotblonde Knaben bevorzugte, hier laut Rolle eine mollige Schwarzhaarige zu verführen gezwungen war.

Aber, wie gesagt, es war nur streckenweise amüsant. Zwischendurch hatte Biggy Zeit genug gehabt, sich zu überlegen, was sie tun sollte. Sie hatte beschlossen, aus Neugierde und Jux und Dollerei beschlossen, zunächst das Spielchen mitzuspielen – einfach, um mal zu sehen, wie so was lief … Aber rumreichen wie eine Platte Aufschnitt laß ich mich bestimmt nicht, hatte sie gedacht und war sehr gespannt gewesen, wie es weitergehen würde.

Je länger sie an diesem Sonntagmorgen darüber nachgrübelte und je mehr sie sich den Gang des Geschehens ins Gedächtnis zurückzurufen versuchte, desto verwirrter wurde sie, denn es war dann alles ganz anders gekommen, als sie es sich vorgestellt hatte.

Zunächst mal hatten sie zu fünft das Theater verlassen – Jonny hatte ihr in den Mantel geholfen – und waren quer über die große Straße zum Parkplatz gegangen, wo Karl – nicht ohne einen Seitenblick auf Biggy zu werfen, um den Eindruck zu prüfen, den das bei ihr machte –, wo Karl also einen großen weißen Mercedes aufgeschlossen und sie alle zum Einsteigen aufgefordert hatte.

Nur die große Schwester war nicht mit eingestiegen. »Ich bin selbst mit dem Wagen da«, hatte sie erklärt und auf einen sehr schicken Sportwagen gezeigt, der gegenüber gestanden hatte.

»Also was ist nun? Fahren wir zu dir?« hatte Karl gefragt.

»Eigentlich seh ich das nicht so recht ein«, hatte die Schwester erwidert. »Ihr amüsiert euch, trinkt meine Bar aus, freßt meinen Kühlschrank leer, raucht mir meine Zigaretten weg, und ich darf den Plattenspieler bedienen und morgen den Dreck wegräumen … Und ich habe nicht mal einen zum Tanzen!«

»Soll ich Heiner anrufen? Oder Jo?« hatte Karl gefragt.

»Geh mir bloß weg mit den Langweilern!« hatte die große Schwester mürrisch gemeint.

»Aber …« Karl hatte ausgesehen, als ob er überlege. »Weißt du niemand?« hatte er Jonny gefragt.

»Schon«, hatte der gesagt, »aber wo kriegen wir die her am Sonnabend abend um elf?«

»Dann laß uns doch in den ›Römischen Brunnen‹ gehen!« hatte Zizie nörgelig vorgeschlagen. »Da spielt eine Combo aus Jugoslawien, die …«

»Hör du bloß mit deiner blöden Combo auf!« Karl hatte das Mädchen plötzlich angebrüllt ... Biggy war richtig erschrocken gewesen.
Einen Moment hatte es ausgesehen, als sei der ganze Rest des Abends im Eimer. Karl und Fee hatten vor dem Mercedes herumgestanden, die andern drei hatten schweigend dringesessen. Keiner hatte was gewußt. Keiner hatte irgendwas gesagt.
Da war Biggy auf die Schnapsidee gekommen, die sie dann auch verwirklicht hatte: »Wir können doch mal probieren, ob wir nicht irgend jemand Nettes so auf der Straße aufsammeln!« hatte sie gesagt – hatte sie nur so dahingesagt, eigentlich nur, um die gedrückte Stimmung zu heben, und hatte damit zunächst mal großes Erstaunen und allgemeine Verblüffung geerntet.
»Du bist bescheuert!« hatte Jonny leise gesagt.
Fee hatte gelacht. »Gott, warum nicht?« hatte sie dann gemeint und hinzugefügt: »Obschon ich nicht glaube, daß dabei was rauskommt. Was kann das schon für einer sein, der sich von Fremden abschleppen läßt mitten in der Nacht? Irgend so 'n Penner vielleicht oder so was ...«
»Wir können's ja mal versuchen, nicht?« Biggys Ehrgeiz war erwacht. Außerdem war für sie der Gedanke reizvoll, ob es wohl gelingen würde, einen Mann zu finden, der nett war, und auch nicht gerade ein armes Luder ohne Nachtquartier, und der mitspielen würde. »Wir können ja wetten, ob's klappt!« hatte sie vorgeschlagen.
Das hatte die Sache entschieden.
»Fünfzig Mark, daß es dir nicht gelingt, einen aufzutreiben, der in die Runde paßt, mitmacht und außerdem auch noch Fee gefällt!« hatte Karl gerufen.
»Das ist mir zuviel!« hatte sie erwidert. Erst jetzt, als sie das alles rekonstruierte, fiel ihr auf, daß Karl sie da das erste Mal direkt angesprochen und gleich geduzt hatte. Gestern abend war ihr das nicht aufgefallen. Es hatte sie auch nicht gestört. Aber jetzt,

nachträglich, nachdem das alles so irr gelaufen war, jetzt fiel es ihr auf. Jetzt störte es sie auch …

»Zehn setz ich dagegen!« hatte Jonny gesagt. Das war als Rückenstärkung für sie gedacht und nett von ihm gewesen. Er hatte nie Geld, weil er als Verkäufer nicht viel verdiente.

Fee, die große Schwester, war eine Weile still gewesen, hatte Biggy angeschaut – so wie man ein Pferd auf dem Sattelplatz der Rennbahn anschaut –, hatte gelächelt und dann gesagt: »Okay, ich setze auch fünfzig – auf Biggys Erfolg!«

»Prima!« hatte Karl gerufen. »Und du, Zizie?«

Das Mädchen hatte gemault.

»Na schön, denn eben nich!« hatte Karl stirnrunzelnd gesagt. Aber dann war er gleich wieder vergnügt gewesen: »Jetzt wird's spannend!« hatte er gesagt und sich ans Lenkrad gesetzt.

»Ich fahre voraus, mache Ordnung und laß mich nachher von euch überraschen«, hatte Fee gesagt. »Da bin ich aber gespannt, ob ihr einen mitbringt. Toi – toi – toi … Und was für einen!« Damit war sie zu ihrem Flitzer gegangen, eingestiegen und davongebraust, ehe Karl den Motor des Mercedes angelassen hatte.

»Wohin darf ich also nun die Rattenfängerin fahren, bitte?« hatte er über die Schulter gefragt.

Biggy hatte gefragt, wo denn Fee wohne, und Karl hatte die piekfeine Adresse genannt.

»Dann probieren wir's doch erst mal am Bahnhof Blankenese«, hatte Biggy gesagt. »Wenn's da nicht klappt, können wir ja immer noch in einen der Tanzschuppen fahren und bei der Band oder beim Disk-Jockey eine Damenwahl bestellen, wenn da einzelne Männer herumsitzen.«

»Okay«, hatte Karl gesagt und Gas gegeben.

Sie waren durch die hellerleuchtete, aber tote Hamburger Innenstadt gefahren, hatten den Geräusch- und Neonlichterrummel der Reeperbahn passiert und waren die Elbchaussee entlanggerollt, auf der nur wenige Wagen unterwegs waren.

Jonny, der von dem Theaterstück offenbar mächtig animiert war, hatte ein bißchen an Biggys Busen herumzutätscheln versucht, war jedoch schließlich davon abgekommen, weil sie ihn angezischt hatte: »Laß doch den Quatsch!« und weil das Kleid, das hochgeschlossene dunkelblaue, nur mit einem Rückenreißverschluß zu öffnen war.
Sie hatten alle geraucht und von dem Theaterstück geredet. Zizie und Karl hatten offenbar wieder Frieden geschlossen; denn Biggy sah, als sie sich einmal nach vorne gebeugt hatte, daß die Hand des Mädchens in seinem Schoß lag …
Als Biggy auf ihrer Reise in die Erinnerung an dieser Stelle angekommen war, klingelte draußen auf dem Flur das Telefon. Sie sah auf die Uhr: kurz vor neun. Wer, zum Kuckuck, kam auf die Idee, sonntags früh vor neun anzurufen?
Biggy hatte keine Lust aufzustehen – da hörte sie schon ihre Mutter:
»Nein – es tut mir leid, sie schläft noch … Aber ich bitte Sie – so wichtig kann gar nichts sein, daß Sie mich dazu bringen, meine Tochter am Sonntag früh aus dem Schlaf … Sie muß wochentags schon immer um sechs Uhr hoch … Nein, kommt nicht in Frage … Nein, da müssen Sie in einer Stunde noch mal … Aber hören Sie mal! Was fällt Ihnen denn ein?« Der Hörer wurde auf die Gabel geworfen. Biggy hörte ihre Mutter noch »Unverschämtheit!« schimpfen und wieder ins Wohnzimmer oder in die Küche gehen.
Wer war das wohl gewesen? Jonny? Der würde es nicht wagen, sie anzurufen, nachdem sie ihm so gehörig die Meinung gesagt hatte auf dem Weg zur U-Bahn heute nacht.
Oder der nette Moritz Maier? Aber der hatte ja ihre Adresse nicht. Eigentlich schade. Sie wußte auch nicht, wo er wohnte. Nicht mal eine Telefonnummer … Oder war es Karl gewesen? Hatte er sich entschuldigen wollen?
Eine ungeheuerliche Geschichte! Sie hatte ja schon einiges er-

lebt – aber das war ihr auch noch nicht passiert, daß jemand, ohne jeden Grund, plötzlich und aus heiterem Himmel durchdrehte und sie schlug ... mitten auf einer Party, bei der es doch bis dahin ziemlich fröhlich und harmlos zugegangen war ... Oder?
Nein, das war eine Scheißparty gewesen!
Biggy beschloß, nicht mehr daran zu denken, sich nicht mehr aufzuregen oder zu ärgern. Die Leute waren für sie aus, vorbei, erledigt und gestorben. Auch Jonny, der kleinkarierte Idiot.
Nur um Moritz Maier tat es ihr leid – aber da war nix zu machen. Schließlich konnte sie ihm ja nicht auflauern ... Aber vielleicht stand er ja doch im Telefonbuch? Sie würde nachher gleich mal nachschauen. Netter Mann. So gute Augen hatte der. Nur vertragen konnte er offenbar nichts. Er war ja nach einer knappen Dreiviertelstunde schon hinüber gewesen. Meine Güte, wie er da im Sessel gehangen und mit verschwiemeltem Ausdruck vor sich hin geguckt hatte. Das war kurz bevor ... Nein, sie wollte nicht mehr dran denken.
Den Fünfzigmarkschein für die gewonnene Wette hatte sie auch nicht gekriegt von diesem Karl. Na, pfeif drauf ... Aber so was würde ihr nicht wieder passieren, zum Teufel noch mal – nein!

Klemens lief so viel Wasser im Munde zusammen, daß er immerzu schlucken mußte, um nicht überzulaufen.
Er saß im Zimmer des Oberinspektors Kreuzer und sah zu, wie dieser sich sein Frühstück zubereitete. Das war allerdings auch ein Schauspiel, wie man es selbst in Beamtenbüros selten hat. Klemens kam aus dem Staunen nicht heraus.
Zuerst hatte sich Kreuzer aus seiner Aktentasche eine Art Frischhaltekasten genommen, hatte daraus ein gut doppelt handgroßes, doppelt daumendickes Stück Schweinskopfsülze geholt

und dies auf einen Teller gepackt. Jetzt war er dabei, einen leeren Aktendeckel als Unterlage benutzend, zwei Zwiebeln zu pellen, kreuz und quer einzukerben und in kleine Stücke zu schneiden. Die Zwiebelschalen und den leeren Aktendeckel warf er in den Papierkorb, nachdem er die kleingeschnittene Zwiebel kunstvoll über der Sülze verteilt hatte.

Das Zimmer roch wie eine ganze volle Kirche im Balkan beim Abendgottesdienst.

Als nächstes zerkleinerte Kreuzer mit Sorgfalt das Sülzestück zu mundgerechten Bissen, öffnete die linke Tür seines Schreibtisches, nahm einen Schuhkarton heraus und angelte aus diesem – zu Klemens' grenzenloser Verblüffung – zwei kleine geschliffene Glasflaschen, in denen sich Essig und Öl befand, einen Salzstreuer und eine Pfeffermühle.

Schließlich griff er noch mal in seine Aktentasche und förderte eine Plastiktüte zutage, der er zwei Scheiben dunklen, großporigen Brotes entnahm.

»Möchten Sie was ab, Herr Kommissar?« fragte er. »Es ist reichlich. Meine Frau macht die Sülze selber. Das kann sie prima. Überhaupt, wissen Sie, so 'ne Gastwirtstochter, da gibt's nix! Kartoffelpuffer sollten Sie mal bei uns essen – Sie, da laß ich jede Pastete auf Artischockenboden für stehn oder wie das Zeug heißt, ehrlich!«

Klemens hätte zu gern zugesagt. Die Gastwirtstochterschweinskopfsülze sah ungeheuer verlockend aus … und wie Kreuzer das da so zurechtmachte …

Die Tür des Büros öffnete sich. Einer der Laboranten, die Sonntagsdienst hatten, kam herein. Er trug vier nasse Fotos in der Hand. »Die Aufnahmen!« sagte er. »Aber sie sind noch naß. Wohin soll ich sie …?«

»Hier auf den Schreibtisch«, sagte Kreuzer. »Kleben die an, wenn sie trocknen?«

»Nein«, erwiderte der Laborant und breitete die Vergrößerungen

auf Kreuzers Schreibtischplatte aus; »wahrscheinlich rollen sie sich ein bißchen – aber kleben tun sie nicht.«
»Danke!« sagte Klemens.
Der Laborant betrachtete noch ein paar Sekunden voller Interesse Kreuzers Sülzfrühstück, dann ging er.
Kommissar Klemens sah sich über die Schulter des Essenden die Bilder an. Er war nun doch froh, die Einladung ausgeschlagen zu haben, denn die glibberig-knorpelige Sülze wäre ihm jetzt – angesichts der hart schwarzweißen Leichenfotos gewiß im Halse steckengeblieben. Kreuzer jedoch schien das nichts auszumachen.
»Schöne Aufnahme!« sagte er mit vollem Munde und wies mit dem Messer, auf dessen Spitze gerade ein Sülzestück steckte, auf jene der vier Vergrößerungen, auf der die Stichwunde besonders deutlich war. Glitzernde Lichteffekte zwischen den schwarzen, blutverkrusteten Wundrändern ließen die Tiefe des Messerstiches ahnen.
»Schöne Aufnahme«, wiederholte Kreuzer; »man kann richtig erkennen, wie die Waffe geführt worden ist.«
»Guten Appetit!« sagte Klemens und wandte sich zum Fenster.
»Danke!« gab Kreuzer ungerührt zurück. »Wollen Sie wirklich nicht mal probieren, Herr Kommissar?«
»Nein, danke«, sagte Klemens. Ihm war übel. Er sehnte sich nach einem Schnaps.
Das Telefon klingelte. Kreuzer stellte seinen Teller zwischen die Fotos.
»Lassen Sie nur«, sagte Klemens, »ich nehm's schon!« und griff nach dem Hörer.
Der Kollege vom Verkehrsamt gab das polizeiliche Kennzeichen des Maierschen Wagens durch: HH-SB 3000. Klemens schrieb die Autonummer auf einen Zettel, schob Kreuzer diesen Zettel zu, beauftragte den immer noch kauenden Kriminaloberinspektor, nun die Fahndung nach Maier auf das Fahrzeug auszudehnen

beziehungsweise die bekannte Fahrzeugnummer an alle Dienststellen durchzugeben, die sie wissen mußten, und verkündete, daß er bis zum Eintreffen des ärztlichen Berichts in seinem Zimmer zu finden sei. Damit ging er.
Er ging ziemlich abrupt aus dem intensiven Zwiebel- und Essiggeruch, floh richtiggehend vor der Mischung aus Schweinskopfsülze und hart schwarzweißen Leichenfotos und setzte sich sechs Türen weiter in seinem Zimmer mit einem Aufatmen an den Schreibtisch, das ein uneingeweihter Beobachter für einen Seufzer gehalten haben würde.
Es war jedoch kein Beobachter da; es stand auch keiner zu befürchten. Die Mordkommission war sonntags nur halb oder gar zu einem Drittel besetzt.
So konnte Klemens unbesorgt seinen Schreibtisch aufschließen, der aus nußbaumfurniertem, besserem Holze bestand als der Schreibtisch des Oberinspektors, und sich aus der flachen Flasche, die hinter einem Stapel Dienstvorschriften lag, einen Schluck zu Gemüte führen.
Danach war ihm sofort besser. Es war ihm gleich so viel besser, daß er den kleinen Anflug von schlechtem Gewissen, den der unerlaubte Schluck hervorgerufen hatte, mit Leichtigkeit beiseite drängen und sich, indem er einen weißen Papierbogen mit Mustern zu bedecken begann, dem Nachdenken über den Mordfall widmen konnte, der zu lösen war.

Maier ertappte sich dabei, daß er kicherte. Das Gesicht des Ordnungshüters war aber auch zu schön gewesen, als der gemerkt hatte, daß er im Unrecht war. Was für ein Gesicht würde der wohl erst machen, wenn er erfuhr, wen er da beinahe – aber eben nur beinahe – aufgeschrieben hatte …
Wen denn?

Ihn, Moritz Maier, den möglichen, den vermutlichen, den sogar dringend verdächtigen Mörder einer hübschen Frau … Aber nein, nein!
Das Kichern war verstummt, erstickt; das Grinsen um Maiers Mundwinkel war erloschen. Er warf einen Blick in den Rückspiegel – nicht, um die Straße zu sehen, sondern um sich selbst zu sehen. So oft wie heute schaute er sonst manchmal tagelang nicht in den Spiegel.
Das waren doch, verdammt noch mal, seine Augen gewesen, eben im Spiegel, die diese irrsinnigen Vorgänge registriert haben mußten. Warum konnte er sich nur nicht an das erinnern, was er, was seine eigenen Augen gesehen hatten?
Es war zum Wahnsinnigwerden!
Wenn ich nur einen Arzt wüßte, dachte er, einen, zu dem man vertrauensvoll hinfahren könnte, einen Psychotherapeuten oder so was! Oder soll ich zu irgendeinem einfach an die Tür gehen? Die haben doch Schweigepflicht, die Ärzte, nicht wahr? Oder trifft das nur für Priester zu im Beichtstuhl … oder wie?
Maier fuhr durch die stille, leere Stadt, fuhr mit der mechanischen Selbstverständlichkeit des versierten Autofahrers, fuhr, ohne recht wahrzunehmen, was um ihn herum vorging. Aber sein Autofahrer-Unterbewußtsein nahm alles wahr, veranlaßte ihn, die richtigen Handgriffe zu machen, an Zebrastreifen Gas wegzunehmen, an roten Ampeln zu stoppen, ordentlich Zeichen zu geben und denen, die von rechts kamen, die Vorfahrt zu lassen.
Maier schüttelte den Kopf, verjagte, verscheuchte den Alptraum, den er mit offenen Augen träumte, sah sich um und entdeckte erstaunt, daß er den Wagen unbewußt in den Stadtteil, in die Straße gelenkt hatte, wo Lotte wohnte.
Wie ein Kind in der Angst zum Schürzenzipfel der Mutter Zuflucht sucht, war er hierhergefahren. Lotte … Lotte Wolff, ja. Hoffentlich war sie zu Hause. Hoffentlich war sie allein. Hoffentlich wohnte sie überhaupt noch hier.

Er hatte seit Monaten nichts von ihr gehört. Das war so auseinandergebröckelt damals – nicht mit Krach, nicht aus irgendeinem bestimmten Anlaß … nur so, wie solche Geschichten sich eben manchmal leerlaufen, aus einem gewissen Überdruß, aus Langeweile; vielleicht auch, weil er diesmal Angst gehabt hatte, sich plötzlich festgenagelt zu finden, wenn er nicht aufpaßte. Lotte Wolff hatte zuletzt einen Brief geschrieben – so im Januar herum war das gewesen: *Was ist los, Motz*? Sie nannte ihn ›Motz‹, was er anfangs sehr lustig gefunden hatte. Und: *Du hast Dich ein paarmal nicht gemeldet am Telefon. Bist Du krank? Oder böse? Und warum? Du hast meine Anatomie noch. Bring sie doch bitte rum oder schick sie mir, ja? Sie fehlt mir. Du auch manchmal. Laß von Dir hören oder, noch besser, laß Dich sehen! Küßchen, Lottchen.* Mit ›Anatomie‹ war nichts gemeint, was ehrbare Bürger als anstößig empfinden könnten, sondern ein dicker, kostbarer Bildband, der auf einigen hundert Seiten die Außen- und Innenansichten des Menschen zeigte. Knochenbau, Muskulatur, Nervenstränge, Adernverläufe, Lage der Organe und so weiter – das alles war höchst genau und schön bunt und sehr eindrucksvoll abgebildet, und Moritz Maier hatte sich von der Graphikerin Lotte das Werk ausgeliehen, weil er es faszinierend fand.

Er hatte die Anatomie zurückgebracht, aber leider – oder auch glücklicherweise, wie man's nimmt – Lotte nicht angetroffen und den Bildband bei der Wohnungsnachbarin mit schönen Grüßen abgegeben. Und seither hatte er, wie gesagt, nichts von Lotte Wolff gehört …

Nun stand er vor dem Haus, in dem sie wohnte. Er stieg aus dem Auto, ging über den breiten Bürgersteig zur Tür des modernen Apartmenthauses und ließ den Blick die Klingelleiste entlanggleiten. Ja – da stand es noch: L. WOLFF – sie war also nicht ausgezogen. Maier klingelte.

Es dauerte eine Minute, eine lange Minute, bis die Sprechanlage

knackte und zu schnarren begann und Lottes Stimme rauschend, raunend, heiser und verzerrt fragte: »Ja, bitte, wer ist da?«
»Ich ... Moritz«, sagte Maier in die Schlitze des Geräts. »Kann ich raufkommen?«
»Ich werd verrückt!« krächzte die verzerrte Stimme. »Der verlorene Sohn! Sonntag früh ... Wie spät ist es denn? Aber klar, Motz, komm rauf! Ich freu mich.«
»Danke«, sagte Maier, »ich komme. Eben noch das Auto hinters Haus auf den Parkplatz bringen, Lottchen, ja? Ich klingle dann noch mal.«
»Okay!« sagte sie.
Maier rangierte den Wagen an der Seite des Hauses entlang und stellte ihn so auf den ziemlich vollen Parkplatz, daß nicht jedem gleich das Nummernschild ins Auge fiel. Dann nahm er seine Tasche, klingelte nochmals, drückte die summende Haustür auf und fuhr in dem fast lautlosen Fahrstuhl hinauf ins fünfte Stockwerk, wo Lotte ihn in der offenen Tür ihrer Wohnung erwartete.
»Sonntag früh, halb neun – und mit Gepäck?« Sie sah ihn aus ihren dunkelbraunen Augen überrascht an. »Was ist los?«
»Laß uns reingehen«, erwiderte er. »Ich erzähl dir's gleich.«
Sie trug einen dunkelblauen Hausmantel, den er nicht kannte. Der Mantel war aus changierender Seide und sehr lang. Ein Gürtel hielt ihn zusammen. Moritz Maier sah, daß Lotte nichts darunter hatte ... richtiger: Er sah alles, was sie darunter hatte, weil der Mantel das einzige Kleidungsstück war, das sie trug – außer ein paar Hüttenschuhen und einem weißen Band im langen schwarzen Haar. Ihr Geruch wehte ihn an, als er hinter ihr die Wohnung betrat und die Tür schloß. Der alte vertraute Geruch nach Zimt und Zigarette und Kölnisch Wasser.
Maier stellte seine Reisetasche ab. Einen Moment standen sie sich im kleinen Flur zwischen den Drucken nach Picassos Stierkampfzeichnungen verlegen, fast ratlos gegenüber.
»Du hast dich nicht verändert«, sagte Lotte leise und betrachtete

ihn prüfend. »Müde siehst du aus. Aber sonst ...« Sie streckte die Hand aus und strich ihm mit den Fingerspitzen übers Gesicht, zog die Konturen seiner Stirn, Wangen und seiner Halslinien nach, als wolle sie sich durchs Anfassen überzeugen, daß er es wirklich sei. »Lump!« flüsterte sie mit einem kleinen Gurren in der Kehle.

Er wollte nach ihr greifen, aber sie entzog sich dem Zugriff mit einer flinken Drehung und lief ins Zimmer. Maier war enttäuscht und seltsamerweise zugleich erleichtert. Er folgte ihr.

Das Zimmer war so unordentlich wie immer. Eine sympathische Unordnung war das. Der riesige Zeichentisch war mit Bücherstapeln, Papierrollen, Zeitungen, Fotos, Skizzenblättern, Stiften, Pinseln, Farbtuben beladen. Die Wände waren bedeckt mit Posters. Einige davon kannte Maier schon, einige waren neu, einige baumelten noch immer wie damals mit herabhängenden Ecken – wie Cockerspanielohren – an der Tapete.

Lotte hatte sich in einen der beiden Sessel gehockt. Sie saß da mit angezogenen Knien, um die sie die Arme geschlungen hatte, und wies mit dem Kopf auf den zweiten Sessel. Auf der breiten Bettcouch lag, quer über das Bettzeug gebreitet, eine sehr bunte indianische Wolldecke.

Maier setzte sich.

»Hast du gefrühstückt?« fragte Lotte.

»Aber ja«, sagte er so, als wolle er damit seine Solidität betonen.

»Willst du einen Schnaps?« fragte sie weiter.

Maier schüttelte den Kopf. »Nein, danke«, sagte er und saß da und sah an ihr vorbei und knaupelte an seinen Fingern und wußte nicht, wie er anfangen sollte. »Entschuldige, Lottchen, wenn ich dich geweckt habe«, begann er schließlich zögernd, »aber ...« Er brach ab.

Sie irritierte ihn. Er mußte ihr die Wahrheit sagen, mußte sagen, was gewesen war – oder vielmehr, daß er nicht mehr wußte, was gewesen war. Aber er konnte das nicht sagen, weil vor der irren

Wahrheit, vor seiner Bitte um ihre Hilfe, die Erinnerungen an sie standen. Die Erinnerungen an die Nächte mit ihr, hier, auf dieser Couch ... Sehr aufregende Erinnerungen. Aber er vermochte auch nicht, sie jetzt und hier und einfach so, nach einer Pause von Monaten, wieder in den Arm zu nehmen. Das würde wie – nun ja – wie Bestechung aussehen ... Und das wäre es ja auch, nicht wahr? Andrerseits: Wie sie da saß, stumm, lächelnd, ja, beinahe triumphierend ... und so aufreizend in dem dünnen Seidenmantel, unter dem sich ihre Brüste abzeichneten, ihre Hüfte, ihre Schenkel ... Es war zum Verrücktwerden.
Er stand auf, vergrub die Hände in den Hosentaschen, ging auf und ab, sah aus dem Fenster über die Dächer der umliegenden Häuser, die in vielen Rottönen in der Sonne leuchteten, wandte sich um, war schon drauf und dran, sie zu küssen, sich über sie zu beugen, seine Hände unter den Seidenmantel zu schieben ... aber da biß er sich auf die Lippen, rief sich zur Ordnung, sah zu seinem Erstaunen plötzlich das Bild des Mädchens Biggy vor sich, war für einen Augenblick oder für zwei, drei Augenblicke völlig durcheinander, setzte sich verwirrt und erschöpft hin und erzählte der lächelnden Lotte in knappen, nüchternen Sätzen, was geschehen war.
Ihr Lächeln verschwand, je länger er sprach; es erlosch, als schöbe sich eine Wolke vor die Sonne. Er sah es, hatte das Gefühl, bergab zu laufen, redete immer schneller und lauter und eindringlicher. Aber sie lächelte nicht mehr. Sie richtete sich aus ihrer Kuschelstellung auf, zog den Mantel zusammen, als ob sie fröre, und wandte schließlich den Blick ab, während er sagte:
»... ein paar Tage nur, Lottchen, bis sie den wirklichen Mörder haben! Ich kann doch nicht hingehen und mich stellen. Ich weiß doch nicht, was war, hörst du? Nur ein paar Tage – so lange, bis die Geschichte geklärt ist, verstehst du ... Oder bis mir wieder eingefallen ist, was war, Lottchen!«
Sie blieb abgewandt, sah hinaus, schwieg noch, als er schon fertig

war, schwieg zu lange, zehn oder dreißig Sekunden zu lange, schwieg so lange, daß er wußte, was sie sagen würde – und dann sagte sie es auch.
»Nein!« sagte sie und sah ihn immer noch nicht an. »Und du weißt genau, daß du das nicht von mir verlangen kannst, Moritz, du weißt ganz genau, wie schäbig das ist und wie ... wie benutzt ich mir vorkommen muß. Außerdem habe ich einen Freund seit ein paar Wochen. Keinen Innenarchitekten ...« Sie wurde bitter und höhnisch: »Einen Beamten. Mittelschullehrer. Ein netter Kerl. Er liebt mich. Horst heißt er. Was sollte ich ihm wohl sagen? Wie sollte ich ihm erklären, warum du bei mir wohnst? Soll ich ihm verbieten herzukommen, bis dein Fall, bis diese böse Geschichte geklärt ist? Nein, du. Das geht nicht, Moritz. Du mußt woanders ...«
»Woanders?« unterbrach Maier und stand auf. »Glaubst du, ich wäre hier, bei dir, nachdem ich mich dir gegenüber nicht gerade fein benommen habe, wenn ich irgendwo anders ...«
»Geschenkt!« Lotte stand auch auf, reichte ihm die Hand und fuhr fort: »Mach's gut, Alter; ich drück dir die Daumen.«
»Danke!« sagte Maier, ging hinaus, nahm seine Tasche und verließ die Wohnung – wie einer einen Bahnhof verläßt, von dem der Zug, den er erreichen wollte, gerade abgefahren ist.

Wieder lenkte Moritz Maier sein Auto durch die Stadt, ohne recht zu wissen, daß er fuhr. Seine Gedanken unternahmen wilde Flüge – Flüge, die dem flatternden, wirren, unberechenbaren Geschwirr kleiner bunter Papageien glichen, die vor irgendwas erschrocken sind.
Es waren nur Personenwagen unterwegs; Familien, die ins Grüne fuhren oder zu anderen Familien auf Besuch. Deshalb fiel Maier der große grüne Kastenwagen, der ihn überholte, sofort ins Auge.

An seiner Rückseite stand weiß und gelb auf dem chromoxydgrünen Grunde: ANTON GOLLWIEN SÖHNE, ÖLHEIZUNGEN – und eine Telefonnummer.
Und da sagte Maier plötzlich laut: »Aber klar: Anton! Warum bin ich da nicht gleich drauf gekommen, ich Idiot?« Er rangierte seinen Wagen auf die linke Spur, bog an der nächsten Straße nach links ab, durchquerte die City, durch deren leere Straßen leere Straßenbahnwagen rumpelten, erreichte die Außenalster und nahm Kurs Richtung Nordosten. Seine Gedanken waren jetzt keine flatternden, erschrockenen Papageien mehr. Sie hatten sich auf einem Ast niedergelassen und beruhigten sich. Der Ast hieß Anton.
Nach einer knappen halben Stunde bremste Maier vor der hohen grünen Buchsbaumhecke, die den Bungalow seines alten Schulfreundes Anton Kraske zur schmalen, stillen Vorortstraße hin abgrenzte.
Maier überlegte, ob er seine Reisetasche gleich mit hineinnehmen sollte, ließ sie dann aber noch im Auto. Zunächst würde er mit Anton reden müssen, würde ihm alles erklären – oder richtiger: zu erklären versuchen müssen; dann erst würde er ihn bitten, ein paar Tage dableiben zu dürfen. Er trat durch die Pforte in der Hecke und ging auf den Bungalow des alten Freundes zu.
Antons Bungalow war eigentlich drei Nummern zu groß für ihn und seine Frau. Er war nicht nur zu groß, er war auch zu komfortabel, zu modern, zu aufwendig für Anton Kraske. Es war die repräsentative Behausung eines Betriebsleiters, Geschäftsführers, Generalvertreters – kurz, eines 180 000-Mark-Mannes oder eines 85 000-Mark-Mannes, der reich geheiratet hat.
Anton Kraske jedoch war nur ein 64 000-Mark-Mann, ein Englisch- und Erdkunde-Studienrat am Mädchengymnasium des Vorortes, und seine Frau hatte außer einem silbergrauen Pudel, einer ungewöhnlich großen Portion Frömmigkeit und einer chro-

nischen Magenschleimhautentzündung nur die übliche Bettwäsche und das standesgemäße Geschirr mit in die Ehe gebracht.
Das Geld für den Bungalow stammte von Kraskes Vater, genauer: es stammte aus einem moralischen Seitensprung, den sich Vater Kraske vor drei Jahren geleistet hatte: richtiger, hatte zuschulden kommen lassen. Nun ist es allerdings schwer, bei dem Ergebnis, das der Seitensprung zeitigte, von »zuschulden kommen« zu reden, denn der Geldregen tilgte ja im Gegenteil alle Schulden und brachte Wohlstand, Glück und – eben diesen komfortablen Bungalow über den Klan. Vater Kraske war nach einem Krach mit seinem Weibe, einer sonst sehr patenten Person, auf Sauftour gegangen, um seinen Weltschmerz hinunterzuspülen. Gegen Ende des Unternehmens, morgens kurz nach drei Uhr – Vater Kraske hatte es schon lange aufgegeben, die Biere und Schnäpse zu zählen – war ihm in einem Lokal irgendwo in St. Pauli von einer Bardame ein Lotterielos aufgeschwatzt worden. Er hatte seinen letzten Hundertmarkschein dafür geopfert, weil die Bardame einen wirklich wunderschönen Ausschnitt präsentierte, hatte das Los in die Hosentasche gestopft und war schließlich, als ihm trotz dichten Alkoholnebels klar wurde, daß das Vorgebirge der Dame hinter dem Tresen nur zur Besichtigung, aber nicht zur Besteigung freigegeben war, schwankend und leise traurige Weisen singend zur U-Bahn gewankt und nach Hause gefahren.
Ja, und das in die Hosentasche gestopfte Bardamen-Lotterielos, das Mutter Kraske, wütend, wie sie war, beinahe weggeworfen hätte, als sie ihrem Mann die Hose bügelte – dieses Los gewann 900 000 – (in Worten: neunhunderttausend) Mark, wovon Herr Studienrat Anton Kraske, einziger Sohn des Sauftouristen, die Hälfte bekam, um sich den Bungalow zu bauen.
Moritz Maier kannte die Geschichte. Er hatte sehr darüber gelacht. Aber jetzt, als er auf das moderne Gebäude zuging – viel heller Klinker, Holz, Schmiedeeisen und Glas –, jetzt dachte Moritz Maier nicht daran. Er überlegte, was er Anton sagen

wollte, kam jedoch zu keinem Entschluß und drückte den Messingklingelknopf mit der Absicht, die Entwicklung auf sich zukommen zu lassen.
Drinnen, hinter der Teakholztür, kläffte der Pudel. Anton Kraskes Frau rief: »Still, Ali! – Willst du wohl still sein!« Dann wurde geöffnet. Anton selbst war es, der öffnete.
»Hallo, Moritz!« rief er. »Na so was! Komm rein, alter Junge! Was treibt dich denn sonntags vormittags in meine Arme?«
Maier betrat die gediegene Diele, bückte sich, nachdem er Anton die Hand geschüttelt hatte, um den Hund zu tätscheln, der ihn umwedelte, und stellte fest, daß an der Wand neben dem Windfang ein sehr großes, sehr buntes, neues Olgemälde hing, das so modern und abstrakt war, daß es ebensogut ›Gebet der Ungeborenen‹ heißen konnte wie ›Nordlicht am Kongo‹!
»Toll«, sagte er. »Neues Bild?«
»Ja – ein echter Bergmatter«, verkündete Anton. »Sehr günstige Gelegenheit. Aus einer Konkursmasse, weißt du. Knapp sechstausend. Ist aber gut zehn wert … Die Kubischen Neopointillisten sind wieder im Kommen – außerdem finde ich's schön. Du auch?«
»Ja«, sagte Maier.
»Es heißt ›Fallendes Gespräch‹«, erklärte Anton.
»Hm …«, machte Maier.
Durch den Türbogen, der von der Diele in die Wohnhalle führte, kam Antons Frau. Sie trug einen leichten schwarzen Mantel und eine Kappe im gleichen Silbergrau wie das Pudelfell. Ihr Lächeln war so echt wie ein Feldblumenstrauß aus Plastik.
»Guten Tag, Herr Maier!« sagte sie, hob, indem sie Maier die gelbliche, kühlfeuchte Hand reichte, die linke Seite ihrer Oberlippe anderthalb Millimeter und fuhr fort: »Wir wollten gerade in die Kirche …«
»Ja«, bestätigte Anton und warf einen Blick auf die Armbanduhr und einen zweiten auf Maier und einen dritten, prüfenden auf

seine Frau. »Aber vielleicht könntest du heute mal allein, Schatzi … Ich meine, wo doch der Moritz gekommen ist … daß ich vielleicht zu Hause …« Er brach ab und ließ die Schultern sinken. Schatzis Gesicht hatte einen Ausdruck angenommen, bei dem auch Moritz Maier am liebsten gleich die Schultern hätte sinken lassen. Ihre Lippen waren so fest aufeinandergepreßt, daß es den Anschein hatte, als würde sie gleich ein Wort mit P ausstoßen, etwa »Pinsel!« oder »Penner!« oder »Parasit!« oder einfach nur »Pah!« – mit Nachdruck und Abscheu. Ihre Augen sagten das auch schon.
Maier – erstaunt über sich selbst – sagte schnell: »In die Kirche? Ja … Würdet ihr mich dann mitnehmen? Ich war so lange nicht …«
Frau Kraske zwinkerte, verschluckte das Wort mit P vor Verblüffung und sah Maier an wie einen Müllkutscher, der beim Kippen der Abfalltonne die ersten Takte der Fünften von Beethoven pfeift.

Das Mädchen Biggy – korrekt Brigitte, ganz korrekt Brigitte Rokoszny (ihr Großvater war in Ungarn noch ein Herr von Rokoszny gewesen, daher die großen dunklen Augen) –, das Mädchen Biggy also stand unter der Dusche und ließ sich vom heißen Wasser den Shampoonschaum aus dem Haar spülen. Der weiße, duftige Schaum zeichnete lebendige Linien auf der bräunlichen Haut, floß langsam, sich träge ringelnden Schlangen ähnlich, am Halse hinab, glitt in einer sanften Welle über die Brüste, bedeckte die Brustwarzen mit kleinen, lockeren weißen Mützen, floß über Hüften und Bauch, sammelte sich, den inneren Schenkelbogen folgend, im Schoß des Mädchens und rann schließlich, dünner und wässeriger werdend, über die Knie, Waden und Füße davon.

Biggy beobachtete mit gesenktem Kopf und zwinkernden Augen das Schaumgeschlängel auf ihrem Körper, pulte sich ein Stofffusselchen aus dem Nabelgrübchen, drehte Kopf, Hals und Rücken in dem wohlig warmen Wasser und hätte vor Vergnügen geschnurrt, wenn ihr das eingefallen wäre.

Ihre Mutter klopfte an die Badezimmertür und rief: »Wirst du heute noch mal fertig, Mädchen? Dein Ei wird ganz kalt und der Kaffee auch …«

»Ich komme in fünf Minuten!« rief Biggy zurück, drehte langsam, allmählich, vorsichtig den Heißwasserhahn zu und im gleichen Rhythmus den Kaltwasserhahn auf, quietschte – erst leise, dann lauter –, als ihr unter dem kalten Strahl die Luft wegblieb, drehte ab, griff atemlos nach dem großen, flauschigen, warmen Badelaken und kuschelte sich in den zitronengelben Frottee wie in eine Umarmung.

Wenig mehr als fünf Minuten später saß sie wirklich am Frühstückstisch, anzusehen wie die zierliche Ausgabe eines arabischen Scheichs, weil sie ihren weiten weißen Bademantel wie einen Burnus trug und um die Haare ein Handtuch wie einen Turban gewickelt hatte.

»Vorhin, als du noch schliefst, habe ich einen Anruf für dich entgegengenommen«, sagte Frau Rokoszny, indem sie ihrer Tochter eine Tasse Tee einschenkte.

»Wer?«

»Er hat seinen Namen nicht genannt. Ziemlich unverschämt, weißt du … Ich sollte dich wecken, es wäre wichtig.«

»Ein Mann also?«

Frau Rokoszny hielt mitten in der Bewegung inne, mit der sie ihre Tasse zum Mund führen wollte. »Ich … ich weiß nicht«, sagte sie, selber verblüfft.

»Du hast eben ›er‹ gesagt, Mama … oder?«

»Ja, schon … Es kann aber ebensogut eine Frauenstimme gewesen sein.«

»Aber Mama!« Biggy lachte. »Man kann ja wohl unterscheiden, ob da ein Mann oder eine Frau ...«
»Nein«, sagte Frau Rokoszny, »nicht, wenn derjenige oder diejenige flüstert.«
»Wieso ...« Biggy blickte ihre Mutter erstaunt an. »Wieso flüstert? Warum denn flüstert? So ein Unsinn – wer soll denn flüstern, wenn er mich anruft, zum Kuckuck!«
»Du sollst nicht fluchen, Brigitte!« mahnte Frau Rokoszny.
»Ich fluche ja gar nicht«, widersprach das Mädchen.
»Doch! Zum Kuckuck – das ist ein Fluch.«
»Seh ich nicht ein. Der Kuckuck ist doch ein harmloser Vogel – wieso ist das ein Fluch?«
»Genauso, wie ...«, begann Frau Rokoszny. Aber da schnitt das Telefon die aufkeimende Diskussion ab.
»Ich geh schon!« Biggy lief in ihrem wallenden Burnus auf den Flur, um den Hörer abzunehmen. »Brigitte Roskoszny«, meldete sie sich.
Es blieb still in der Hörmuschel – zwei, drei, vier Sekunden lang. Nur ein Atmen war zu hören. Es war, als ob sich jemand erst auf das, was er sagen wollte, vorbereitete, geistig – und vor allem irgendwie technisch vorbereitete.
»Hallo!« rief Biggy. »Wer ist da?«
»Ich muß mit dir reden!« flüsterte jemand. Ein drängendes Gewisper, zischelnd, unheimlich, gehetzt.
Das Mädchen fröstelte. »Wer ist denn da?« Biggy dachte vor Aufregung nicht daran, daß ihre Mutter recht hatte: Man konnte dieser Flüsterstimme nicht anhören, ob sie einem männlichen oder einem weiblichen Wesen gehörte. »Hallo! Wer ist denn da?« wiederholte sie.
»Unwichtig! Kann ich am Telefon nicht sagen. Aber ich muß mit dir reden!« zischte die Stimme.
»So ’n Quatsch!« sagte Biggy mit aufgesetzter Heiterkeit, die so dünn war wie eine Eisdecke im April. »Mach nicht so ’ne Show!«

»Es geht tatsächlich nicht«, sagte die Stimme. »Es ist nämlich was passiert. Komm heute abend um acht an den Yachthafen bei Teufelsbrück ... Aber halt bis dahin den Schnabel – verstanden?«
»Ich denke nicht dran, wenn ich nicht weiß, wer da spricht!«
»Sei keine blöde Gans – komm! Es ist wahnsinnig wichtig!« sagte die Stimme; dann klickte es in der Hörmuschel – die Leitung war leer.
»So ein doofer Kram ...«, murmelte das Mädchen und sah unverwandt den Telefonhörer an, ehe es ihn langsam auf die Gabel legte.
»Wer war da?« rief Frau Rokoszny aus dem Wohnzimmer.
»Die Flüsterstimme!« gab Biggy zurück. Als sie ins Wohnzimmer trat, fiel es ihr wieder ein: »Du hast recht, Mama – es ist nicht festzustellen, ob das ein Mann oder eine Frau ist, wenn jemand flüstert am Telefon.«
»Nicht wahr?« Frau Rokoszny nickte. »Und was wollte der Flüsterer?«
»Dummes Zeug ... Da zieht irgendwer eine Masche ab – soll wohl besonders witzig oder spannend sein. Unsinn! Ich soll heute abend um acht an den Yachthafen bei Teufelsbrück kommen und lauter solchen Quark!«
»Aber da gehst du doch nicht hin, Kind, nicht?« Frau Rokoszny war gleich voller Besorgnis.
»Nicht für Kuchen«, sagte Biggy nackdenklich und glaubte selber daran, daß es überhaupt nicht in Frage käme.

Kommissar Klemens tat etwas, was er seiner Erinnerung nach seit vielen, vielen Jahren nicht mehr getan hatte. Wann zuletzt? War das im Krieg gewesen, morgens um drei, in einem Schützenloch irgendwo in der Ukraine, wo er auf den Befehl zum großen Angriff gewartet hatte, mit Rum – aus dem Kochgeschirrdeckel getrunken – im Leib, mit zwei so kleinen weißen Tabletten (Pervitin, wie er heute wußte) im Magen, die einen ungeheuer wach machten und zum tollkühnen Kämpfer ... Oder war es später gewesen, als er eine halbe Nacht vor dem Haus des geliebten Mädchens gestanden hatte, krank vor ohnmächtiger Wut über seine Hilflosigkeit, zitternd vor Kälte und vor Angst, daß sie sterben müßte, schnaubend vor Zorn, weil ihn die Eltern der Geliebten weggeschickt hatten wie einen Fremden – und dabei eine Zigarette an der anderen angesteckt hatte ... Wie jetzt: schon die dritte oder gar vierte, ohne Streichhölzer zu brauchen. Kettenraucherei. Daß er so was noch mal tat – nahe an fünfzig! Magenschmerzen würde er wieder kriegen und wach liegen mitten in der Nacht und all diesen Mist, den er jetzt gar nicht gebrauchen konnte.

Er drückte entschlossen die soeben angezündete Zigarette aus und griff zu einem Kopierstift, der neben der Schreibunterlage lag. Er ließ ihn auf der leicht angehobenen Fläche rollen, fing den Schwung aber mit der Anhebung der anderen Seite der Kunststoffplatte auf, so daß der Stift mitten in der Rechtsdrehung stoppte und zurückrollte. Schneller ... noch schneller ... und noch schneller ... hin und her ... immer näher an die Ränder, bis ... jetzt ... nein, beinahe ... aber jetzt ... jawohl, der rollende Holzstift zuviel Schwung hatte, um aufgehalten zu werden ... und – also jetzt die Kante übersprang und klappernd über den Schreibtisch holperte.

Klemens sah dem davonrollenden Stift nach und erschrak; in sein Blickfeld gerieten jenseits der Schreibtischplatte plötzlich ein Paar Frauenbeine.

Hübsche Beine, die da still zwischen Schreibtisch und Tür im Zimmer standen, mit modischen, bizarr gemusterten Strümpfen angetan waren und – wie Klemens, verwirrt aufblickend, feststellte – zu einer überraschend attraktiven jungen Frau gehörten, die er noch nie gesehen hatte.

»Wer sind Sie?« fragte Klemens barsch. »Was wollen Sie denn hier? Wie kommen Sie hier herein? Warum haben Sie nicht angeklopft?«
»Vier Fragen auf einmal«, stellte die junge Frau fest: »Aber ich will versuchen, alle vier zu beantworten, Herr Kommissar.« Dazu lächelte sie.
Das kommt davon, wenn man sich beim Spielen ertappen läßt, dachte Klemens; die Autorität ist im Eimer. Jetzt lacht sie mich aus. Wer soll denn auch einen Vorgesetzten ernst nehmen, der mit dem Bleistift Rollerübungen treibt ...
»Ich bin Hilde Döring, siebenundzwanzig, unverheiratet, einsachtundsechzig groß, dreiundfünfzig Kilo schwer, Sekretärin von Doktor Probst, wohnhaft Hamburg-Ohlstedt ...«
»Hören Sie auf!« sagte Klemens. »Das interessiert doch keinen!«
»Kann man's wissen?« erwiderte die Dame Döring. »Sie haben ja gefragt ...«
»Okay«, sagte Klemens, »und Sie bringen den Bericht, nicht wahr? Geben Sie her.«
Die Attraktive reichte ihm ein großes Briefkuvert über den Schreibtisch.
»Danke«, sagte Klemens.
»Im übrigen habe ich geklopft«, sagte sie, »aber Sie haben es nicht gehört ... Sie waren so beschäftigt.«
»Schon gut«, sagte Klemens, »geben Sie's an die Presse: Kripokommissar verspielt seine Zeit – oder so ähnlich ... das verhilft meinem Image zu einem Hauch Menschlichkeit. Es wird sich rumsprechen in Lustmörderkreisen. Sie werden sich bevorzugt von mir fangen lassen, weil ich mit Bleistiften rollere.«
Sie lachte. Dann sagte sie: »Aber es war kein Lustmord!«
»Woher wissen Sie das?« fragte Klemens und öffnete nebenbei das Kuvert.
»Aus dem Bericht von Dr. Probst.«
»Aber ...«, begann Klemens.

Doch sie ließ ihn nicht ausreden: »Ich weiß, was Sie sagen wollen. Er ist geheim. Ich hab ihn ja auch nicht gelesen – sondern nur getippt.«
Der Kommissar zwinkerte irritiert. Dann lachte er. »Nichts für ungut, Fräulein Döring. Männer reagieren immer so, wenn man sie bei ihren heimlichen Lastern erwischt.«
»Lustiges Laster«, sagte sie, zögerte und gab ihm schließlich die Hand. »Wiedersehen!«
»Wiedersehn – und grüßen Sie den Doktor. Und verraten Sie mich nicht!«
Sie schüttelte den hübschen Kopf, daß die blonden Locken auf ihrer Stirn tanzten, lächelte und ging. Klemens sah ihr nach. Sein Zimmer kam ihm viel dunkler vor, nachdem sie die Tür geschlossen hatte. »Hübsches Mädchen«, sagte er halblaut zu sich selbst. Hilde … Warum die wohl noch nicht verheiratet ist? dachte er. Das möchte ich wissen. Wahrscheinlich ist sie zu gescheit. Das stört die meisten. Ob ich sie wohl mal einladen könnte …? Aber sie ist ja fast zwanzig Jahre jünger. Scheibenkleister. Was soll so ein Mädchen mit so einem alten Hagestolz. Schlag es dir aus dem Kopf, Onkel Klemens! Er zündete sich eine Zigarette an und entfaltete den Bericht des Mediziners.
Die Tote hatte, las er unter anderem, keinen Geschlechtsverkehr vor ihrer Ermordung gehabt. Die Untersuchung ihres Mageninhalts war aufschlußreich gewesen. Hübsche Menge Alkohol sowieso – aber daneben ganz offenbar eine dicke Dosis Barbitursäure und noch andere Sächelchen, die man einnimmt, wenn man nicht schlafen kann.
Doch die starken Schlafmittel waren nicht die Todesursache gewesen. Gestorben war die junge Frau eindeutig an dem einen mit erstaunlicher Treffsicherheit geführten Stich ins Herz, der – das war medizinisch erläutert – in wenigen Sekunden zum Tode geführt hatte.
Die Mordwaffe war aller Wahrscheinlichkeit nach ein ziemlich

langes und relativ breites Messer mit sägeförmiger Schneide gewesen, ein Brot- oder Fleischmesser, wie es sie in den meisten Haushalten gibt … Das war alles. Das Alter der Toten wurde auf dreißig geschätzt.
Der Zeitpunkt ihres Ablebens lag mit Sicherheit zwischen zwei und drei Uhr früh. Eine Blinddarm-Operationsnarbe, Nikotinfinger, nachgefärbtes Haar; noch einige andere Merkmale, Spuren, Verkehrszeichen, die das Leben auf einem menschlichen Körper eben so hinterläßt … Klemens ließ das Papier sinken und grübelte.
Es klopfte.
Kreuzer kam mit der Meldung, daß acht Uhr sechsunddreißig der Volkswagen HH-SB 3000 vor dem Bahnhof Blankenese geparkt hatte. Ein Schupo hatte sogar mit dem Verdächtigen gesprochen, aber er hatte erst später, als er vom Streifengang wieder zurück auf das Revier kam, die Fahndung gelesen.
Kommissar Klemens ließ sich von der Zentrale mit dem Revier verbinden. Wachtmeister Buhr war gleich am Apparat. Kreuzer hörte mit. Buhr stotterte vor Aufregung. Polizisten haben nicht täglich Gelegenheit, an der Aufklärung von Mordfällen mitzuwirken, wenn manche auch noch so eifrig danach Ausschau halten und den falsch parkenden kleinen Verkehrssünder wie einen Schwerverbrecher behandeln.
»Wie sieht der Mann aus?« fragte Klemens, nachdem Oberwachtmeister Buhr von seiner Begegnung mit Maier berichtet hatte.
»Zwischen eins fünfundsiebzig und eins achtzig groß, schmal, längliches Gesicht«, zählte Buhr auf; »hellgraue oder hellblaue, jedenfalls helle Augen mit dunklen, ziemlich dichten Augenbrauen, dunkle Haare in so 'ner komischen Frisur, so in Fransen in die Stirn … und blaß war er.«
»Kein Wunder«, sagte Klemens. »Was hatte er an?«
Buhr beschrieb Maiers Anzug.
»Gesamteindruck?« wollte der Kommissar wissen.

»So 'n Intellektueller, würd ich sagen.« Eine erschöpfende Auskunft.

»Aha … Danke.« Der Kriminalkommissar legte auf und wandte sich an Kreuzer: »Fahren Sie mit jemand, der sich aufs Türöffnen versteht, zu Maiers Wohnung. Suchen Sie in Ruhe und ohne alles durcheinanderzubringen, ob Sie irgendwas finden. Ein Foto des Mannes wäre gut – die Beschreibung haben Sie ja mitgehört … Klar?«

»Ohne Haussuchungsbefehl?« fragte Kreuzer.

»Sicher!« nickte Klemens. »Wer soll Sie daran hindern? Höchstens Maier selber – wenn er da wäre. Und wenn er wirklich da ist, lieber Kreuzer, dann brauchen Sie auch keine Haussuchung zu machen, dann bringen Sie den Mann selber mit, nicht wahr?«

»Jawoll!« sagte Kreuzer.

»Ich werde mich indessen darum kümmern, daß wir die Fahndung auch über Funk und Fernsehen kriegen«, sagte Klemens, »obschon das natürlich gleich mit Kanonen nach Spatzen schießen heißt …«

»Das versteh ich nicht«, sagte Kreuzer von der Tür her. Er hätte das nicht zu sagen brauchen – man sah es seinem Gesicht an.

»Was verstehen Sie nicht?« fragte Klemens.

»Das mit den Kanonen, Herr Kommissar … der Mann ist doch eindeutig …«

»Finden Sie? Und was ist mit den zwei anonymen Anrufen? Wer hat da telefoniert? Und warum? Und warum hat er auf Maier hingewiesen? Und warum hat er nicht gesagt, wer er ist? Wollte er ablenken?«

»Ja … ja, schon …« Kreuzer dachte nach. »Aber Maier ist stiftengegangen, nicht wahr? Also hat er Dreck am Stecken. Ist doch klar. Und Sie haben ja selber gesagt …«

»Was habe ich gesagt?« warf Klemens ein. »Daß Maier der Täter ist? Kein Wort! Natürlich ist er möglicherweise verdächtig – aber dazu müssen wir erst mal mit ihm reden. Am Ende ist er nur das

Opfer einer miesen Denunziation. Irgendeiner will ihm was am Zeuge flicken … da gibt's die bösesten Sachen, Kreuzer, das wissen Sie doch.«

Kreuzer nickte. Er war verwirrt.

»Schaden kann Ihre Haussuchung nichts«, erklärte der Kommissar. »Meine Fahndung schon eher – vor allem, wenn sie gleich über den Bildschirm läuft. Dann spielen doch die Leute alle verrückt. Sollen Sie mal sehen, wie viele Maiers hier angeschleppt werden … Trotzdem, wir werden's wohl tun müssen. Scheißspiel! Aber gehn Sie man erst los.«

Der Mann, um den es ging, Moritz Maier, saß dort, wo ihn gewiß weder die Polizei noch sonst jemand gesucht haben würde. Er saß in der Kirche, zwischen Anton Kraskes frommer Frau und einer Beterin mit beträchtlichem Busen, die den gerade im Gange befindlichen Choral laut und ohne einen Blick ins Gesangbuch werfen zu müssen, mitsang, während Maier, dem Choräle schon immer eine Terz zu hoch waren, nur mühsam mitmurmelte, bis ihn plötzlich der Text fesselte. Er las, indem rechts und links die Damen tremolierten:

Die Lieb nimmt sich des Nächsten an,
sie hilft und dienet jedermann;
gutwillig ist sie allezeit.
Sie lehrt, sie straft, sie gibt und leiht …

hieß es da in der dritten Strophe. Und in der vierten ging es weiter:

Ein Christ sein'n Nächsten hilft aus Not,
tut solch's zu Ehren seinem Gott …

und so fort ... als wäre der Choral für die Lage, in der sich Maier befand, und für das, was er von Anton Kraske wollte, maßgeschneidert. Wunderbar! Maier sang, nicht ganz richtig, aber nun auch so laut er konnte, die achte Strophe mit:

O Herr Christ, deck zu unsre Sünd
und solche Lieb in uns anzünd',
daß wir mit Lust dem Nächsten tun,
wie du uns tust, o Gottes Sohn ...

Die Orgel war zwei Töne schneller als die Gemeinde, aber das vertuschte der Organist mit einem gekonnten Postludium, das er in eine Improvisation überleitete, die genauso lange dauerte, wie der kleine, rundliche, rosagesichtige Pastor brauchte, um die Kanzel zu erklimmen.
Maier sah heimlich auf die Uhr. Er wußte von früher, daß nun eine etwa Zwanzig-Minuten-Phase bevorstand, in der einem meist die Kirchenbänke hart wurden, nachdem man die Spruchbänder vor- und rückwärts gelesen hatte, die auf den hübschen bunten Glasfenstern aus den Mündern dümmlich dreinblickender Engel flatterten.
Aber diesmal wurde ihm die Bank nicht hart. Das mochte wohl an seiner besonderen Situation liegen, die ihm hier, als sich seine Nerven zu entspannen begannen, noch irrsinniger und traumhafter – alptraumhafter – vorkam als sonst irgendwann an diesem Morgen.
Wenn die sonntäglich gekleideten Leute ringsum, die ihre Gottesdienstgesichter aufgesetzt hatten oder auch wirklich gläubig sangen, zuhörten und beteten –, wenn die wüßten, daß mitten unter ihnen einer saß, der vor vier Stunden neben einer ermordeten nackten Frau erwacht war, sich schwarzverkrustetes fremdes Blut von den Händen gewaschen und die Flucht ergriffen hatte – und auch jetzt noch nicht wußte, wie die Tote neben ihn ... wie

er neben die Tote … wie das blutige Messer zu seinen Sachen … wie das Blut an seine Finger gekommen war … Wie die Braven wohl reagieren würden, wenn sie es wüßten?
Zum anderen wurde Maier die Kirchenbank nicht hart, weil der kleine, rosagesichtige Pastor über einen Text sprach, der – wie der Choral – Maßarbeit für den Gelegenheitskirchgänger Moritz Maier zu sein schien. Das war so seltsam, daß Maier ganz unerwartet und unvorbereitet und zur eigenen Verwunderung auf einmal eine Ahnung davon bekam, was die Leute etwa empfunden haben mögen, denen laut Legende ein ›Wunder‹ begegnet ist. Der rosa Pastor sprach nämlich über das zehnte Kapitel, Vers 25 bis 37, aus dem Evangelium Lukas. Da ist das Gleichnis vom barmherzigen Samariter drin – die Geschichte von dem Mann, der nach Jericho ging und unter die Räuber fiel und für halbtot liegenblieb. Ein Priester war an dem Überfallenen vorübergegangen und ein Levit – aber der Samariter, der schließlich kam, goß Wein und ÖL auf seine Wunden, verband ihn, sorgte für ihn – und so weiter.
Die Worte rollten und kullerten aus dem roten, runden Munde im rosafarbenen runden Gesicht des schwarzbekittelten runden Herrn über die Köpfe der Gemeinde hinweg. Alte und junge Köpfe – nicht viele junge, nur ein Dutzend Konfirmanden in der ersten Reihe, die ihre Pflichtübung in Glauben ableisteten, und ein paar halbjunge Mädchen, die schon aus Angst vor dem Übrigbleiben um Erhörung ihrer Wünsche beteten – Gebete, die besonders inbrünstig waren und so überflüssig wie Rouge für Negerinnen. Anton Kraske und Frau gehörten zu den wenigen Vertretern der mittleren Jahrgänge; sonst sah Maier nur alte Damen, mehr oder minder verwitwet wirkend, und fünf oder sechs Männer in den Sechzigern, denen man ansah, daß sie aus Geschäftsgründen oder aus Gewohnheit die unbequeme Sitzerei auf sich nahmen.
Maier bewunderte den Pastor, der da oben wie ein Jongleur die

Worte rollen ließ, balancierte, hochwarf, auffing … als wären es Bälle, Kugeln, Teller, Reifen oder glitzernde Keulen. »Was aber, liebe Gemeinde«, fragte er, breitete die Arme aus, drehte die hellrosa Handflächen wie hilflos nach außen und oben, legte den Kopf ins Genick und blickte seherisch ins Leere, »was aber sagt uns dieses Wort: Wer ist denn mein Nächster?«

Die Fragerei war müßig, denn erstens wußte keiner darauf eine Antwort, und zweitens hätte sie auch niemand zu geben gewagt, wenn er sie wirklich gewußt hätte.

Der rundliche Pastor rang die Hände und schaute mit gerunzelten Brauen auf die Konfirmanden, die unbotmäßig kicherten und unter seinem Blick sofort wieder fromm wurden.

»Wer ist denn mein Nächster?« wiederholte er und ließ das ›r‹ ein bißchen in seinem Kehlkopf brummen und gab nun selber die Antwort, eine Antwort, die Maier zusammenfahren ließ wie ein hochprozentiger Schnaps:

»Jeder ist mein Nächster!« rief der Pastor und ließ seine Augen über die Bankreihen schweifen. »Der Kranke ebenso wie der Kräftige, der Beschränkte ebenso wie der Begabte, der Mörder ebenso wie der Barmherzige …«

Ausgeschlossen, daß er was weiß, dachte Maier und sah sich vorsichtig um, ob denn jemand ihn ansähe. Ausgeschlossen – denn der hat ja seine Predigt schon gestern gemacht. Da war ich doch noch gar nicht …

Inzwischen hatte der schwarz-rote Herr sich ans Balancieren eines neuen Satzes und Gedankens gemacht. Er sprach von dem Öl, das in Wunden gegossen werden könne, um zu lindern, zu heilen. Dieser Satz war ein gefundenes Fressen für die Pastorenstimmbänder. Was sie allein mit dem Wort ›Wunden‹ anzustellen wußten, war überwältigend.

Aber Maier war nicht in der Lage, es voll zu genießen, denn der Text der Predigt beschäftigte ihn so, daß ihm keine Zeit zur Bewunderung der artistischen Leistung des Pastors blieb. Nach dem ›Mörder‹-Schock wurde Maier bei fortschreitender Auslegung des Lukas-Textes immer froher. Er würde es nachher leicht haben, die Kraskes um Hilfe zu bitten. Nach so einer himmelsamtlichen Bearbeitung konnten sie, als erklärte Christen, ja gar nicht nein sagen, wenn er sie bat, ihn zu verstecken, bis … Ja eben: bis wann? Erst mal zwei, drei Tage. Das Weitere würde sich finden …

Maier schmetterte den Schlußchoral *Ich dank' dir, lieber Herr, daß du mich hast bewahrt in dieser Nacht Gefährde, darin ich lag so hart*, als ob es darauf ankäme, als Vorsänger engagiert zu werden. Frau Kraske, die gegen soviel Stimme nicht ankam, lächelte säuerlich. Anton aber war erstaunt über Moritz Maier.

»Du kommst doch eben noch mit zu uns, einen Cognac trinken?« fragte er vor der Kirchentür.

»Ja«, sagte Maier, »ich wollte ja sowieso mit dir reden.«

»Was gibt's denn? Das klingt ja so … so … dramatisch?« fragte Anton Kraske.

»Wenn Sie bloß meinen Mann nicht dazu überreden wollen, wieder mit Skat zu spielen«, sagte Frau Kraske. Sie hatten bis vor zwei Jahren zu viert ab und zu Skat gespielt. Das war sehr lustig gewesen. Aber nachdem Moritz Maier eines Nachts den Studienrat sternhagelvoll vor dessen Haustür gestellt hatte, so blau, daß er der Gefährtin beim Öffnen der Tür statt einer gebührenden Entschuldigung einen Bonifazius-Kiesewetter-Vers vorgetragen hatte, nach diesem Vorfall war Anton immer verhindert gewesen, wenn sie sich treffen wollten. Nun ja.

»Nein, keinen Skat, Frau Kraske«, beteuerte Maier, »wir spielen schon lange nicht mehr. Auch die beiden anderen werden von ihren Berufen und Familien so in Anspruch genommen …«

Schweigend gingen sie über den alten Friedhof. Maier mochte Friedhöfe nicht, aber dieser hier war fast schön, weil die verschnörkelten Inschriften auf den Grabmälern, die steinernen Figuren, Amphoren und Vasen, die Einfassungen und gußeisernen

Gitterchen und Pförtchen an den Gräbern und um sie herum durch Rost und Regen, Wind und Zeit so verwittert waren, daß sie – zum ewigen Gedenken aufgestellt – im Gegenteil die Vergänglichkeit auf eine bizarre Weise deutlich machten.
»Der Pastor war recht gut«, sagte Maier, als das Schweigen zu lang wurde.
»Ja«, bestätigte Frau Kraske, »es ist der beste, den wir hier haben.«
»Ah, so ...«, sagte Maier.
»Er ist auch menschlich sehr angenehm«, sagte Anton, »als Kollege sozusagen, verstehst du? Er gibt Religionsunterricht an meiner Schule. Ein fähiger Mann.«
»Fein!« sagte Maier. »Aber die Bänke in eurer Kirche sind genauso hart wie überall.«
»Ich spüre das gar nicht!« sagte Frau Kraske, die, des schmalen Bürgersteigs wegen, vor den beiden Männern ging, über die Schulter. Kein Wunder – bei dem Hintern! dachte Maier.
Seine Hoffnung, daß die Frau des Freundes sich zurückziehen und ihn und Anton wenigstens ein Weilchen allein lassen würde, erwies sich zunächst als trügerisch.
Maier wurde in das große, nach Innenarchitekt riechende Wohnzimmer gebeten und dort, zwischen Gummibaum, Schrankwand mit goldgeprägten Bücherrücken, modernen Nippes und Kamin, in dem hinter geputztem Kupfergitter Scheite gestapelt lagen, in einen der schwarzen Ledersessel genötigt.
Anton öffnete die Bar in der Schrankwand, ließ sie offenstehen und trat beiseite, damit Maier auch einen Blick in das reiche Innenleben werfen könne. Statussymbol der Wohlhabenheit: Campari, alter Whisky, Napoléon in dekorativen, bauchigen Flaschen, Rum, in Bast gehüllt, Sliwowitz im Lederfutteral, alter Korn im Steinkrug ... Na bitte. Sogar die spießbürgerliche Bigotterie der Gattin Kraske geriet angesichts dieser Alkohol-Repräsentation ins Hintertreffen. Maier malte sich aus, wie der Stu-

dienrat vor minderbemittelten Kollegen das Snob-Appeal-Spielchen spielte: ›Was darf ich Ihnen denn einschenken, lieber Kollege? Da hab ich einen garantiert zwölfjährigen Calvados – also der zergeht geradezu auf der Zunge … oder sind Sie etwa ein Süßschnabel (hahaha)? Dann möchte ich Ihnen zu diesem marokkanischen Feigenlikör raten, den haben wir im vorigen Jahr aus Casablanca mitgebracht … also unter abenteuerlichen Umständen! Hab ich Ihnen das noch nicht erzählt? Also hören Sie – da hat doch meine Frau …‹

Moritz Maier, der alles andere als ein Süßschnabel war, entschloß sich für einen schlichten Cognac – natürlich Napoléon, dreißigjährig oder so; das Zeug schmeckte schauderhaft nach Seife, aber das muß wohl sein, wenn's ein Genuß sein soll. Frau Kraske verzichtete.

Anton goß sich einen doppelten Korn ein, was ihm ein leises Kopfschütteln der Lebensgefährtin einbrachte und ein Lippenverziehen, hinter dem das ›tz-tz-tz‹ zu ahnen war.

Sie trank nicht mit, aber sie blieb dabei, blieb sitzen wie angeleimt, trieb Konversation und Maier zu gelinder Verzweiflung.

Draußen vor der Hecke stand sein Auto, und wenn sie ihm bereits auf den Fersen waren, hatten sie auch die Autonummer schon. Seit anderthalb Stunden stand das Auto da. Jeder Polizist, der vielleicht vorbeikam oder vorüberfuhr, konnte die Festnahme … Scheiße. Andererseits – warum sollen sie eigentlich hinter mir her … wie sollen sie auf mich gestoßen sein?

»Es ist so schwierig, einen guten Schlachter zu finden«, hörte er Frau Kraske klagen und nickte zustimmend, obschon ihn diese ihre Not interessierte wie einen Nudisten die neuesten Bademoden. Das Gespräch plätscherte dahin. Die Zeit verging. Von der unruhigen Jugend heutzutage war die Rede, von der sichersten Art und Weise, Knollenbegonien zum Blühen zu bringen, von den steigenden Preisen, vom Wetter, vom Urlaub, von der unterschiedlichen Qualität der Automobile und – wie es sich unter

gebildeten Leuten gehört – von einer neuen Inszenierung am Schauspielhaus, die ja »... haben Sie schon gehört? – dem Schamgefühl geradezu ins Gesicht schlägt!«
In Maiers krampfhafte Überlegungen hinein, wie man die Frau elegant loswerden könne, wenigstens für eine Viertelstunde loswerden könne, schrillte – nein, läutete melodisch die Haustürglocke.
Polizei! dachte Maier und sah sich nach einem Fluchtweg um. Die Terrassentür führte in den Garten. Der Garten war mit Koniferengruppen besetzt. Am Ende der Rasenfläche war ein Jägerzaun, dahinter Unterholz eines Mischwäldchens. Bis dahin würde ich mit Hilfe der Koniferen als Deckung kommen, dachte Maier, wenn sie nicht sofort schießen ... Er stand gleichzeitig mit Anton auf und schob sich, während Anton öffnen ging, an die Terrassentür heran.
»Ein entzückender Garten, Frau Kraske!« sagte er. Sie erwiderte irgend etwas, das er nicht aufnahm, weil er nach draußen, zum Flur hin, lauschte. Frauenstimmen ... Gott sei Dank! Maier atmete erleichtert aus.
»Besuch für dich, Schatz!« rief Anton durch die geöffnete Tür.
»Entschuldigen Sie mich bitte«, murmelte Frau Kraske.
»Aber gern!« sagte Maier mit Inbrunst.
Drei Damen strömten herein. Für einen Augenblick hatte Maier eine lebhafte Erinnerung an einen der schönsten Filme seines Lebens, an *Ladykillers*, und sah sich schon im Geiste von ›Holde Jugendzeit‹ singenden Spinatwachteln umringt am Klavier. Aber Anton, der ihn vorgestellt hatte: »Herr Maier – Frau Konsistorialrat Schimpf, Frau Oberstleutnant Piepgras, Frau Doktor Kleinworth ...« – daß es so was noch gab! – Anton also nahm den verstörten Maier am Arm und zog ihn quer durch die Quadriga aneinander vorbeiredender Honoratiorengattinnen in sein Arbeitszimmer, machte »Uff!«, als er die Tür hinter sich schloß, und zog unterm Jackett die Kornflasche hervor, die er im Be-

grüßungstrubel an sich gebracht hatte. Für zwei Gläser hatte er auch gesorgt; er fummelte sie aus der Hosentasche. Anton war ein hervorragendes Beispiel dafür, was energische Ehefrauen aus ihren Männern machen, zu welchen ungeahnten Fähigkeiten sie die Gefährten zu steigern imstande sind.

»Das ist das Komitee«, sagte Anton, der außerhalb der Einflußsphäre seiner Frau sein altes Lausejungengrinsen wiedergewann, und goß, ohne zu fragen, die Gläser voll. Er goß sie dänisch ein, also mit einem Haufen drauf. »Prost, Moritz!« rief er.

»Was für ein Komitee?« fragte Maier und schlürfte vorsichtig den klaren Schnaps.

»Ich weiß nicht so genau«, sagte Anton, »sie machen so Abende, verstehst du; Abende für werdende Mütter und gefährdete Ehen – oder gegen den Alkohol und den Verfall der Sitten, was weiß ich ...«

»Ach so.« Maier sah sich nach einem Stuhl um, denn für soviel Korn und Cognac reichte sein morgendlicher Toast als Grundlage nicht aus. Er mußte einen Stoß Schulhefte vom Hocker neben dem Schreibtisch räumen, ehe er sich setzen konnte. Anton nahm in seinem Drehsessel Platz.

Sie schwiegen eine halbe Minute. Von nebenan war das Durcheinandergespräch der Komiteedamen zu hören.

Das studienrätliche Arbeitszimmer zeichnete sich durch Schlichtheit und Durchschnittlichkeit aus. Ein Globus auf dem Fensterbrett, eine Heimat- und eine Himmelskarte an der Wand, ein Bücherregal mit Brockhaus, Pocketbooks, Shakespeare in der Muttersprache und Halbleder, die Kugelschreiber, Bleistifte und Füllfederhalter auf dem Schreibtisch in Reih und Glied, drei Stapel Schulhefte, ein daumendickes schwarzes Büchlein – so eines, in das Lehrer Zensuren oder Bemerkungen eintragen und mit dem dann Schicksale entschieden werden –, ein Kalender, der noch das gestrige Datum zeigte ... Nichts Persönliches, kein ›außerdienstliches‹ Buch, kein Bild, kein Erinnerungsstück an der

Wand. Jeder Englisch- und Erdkunde-Studienrat eines deutschen Gymnasiums hätte in dieser Umgebung alles gefunden, was er zu seiner Arbeit brauchte, sonst aber nichts.
Die Komitee-Damen im Wohnzimmer lachten. Es war das erste Mal, daß sie gemeinsam das gleiche Geräusch von sich gaben.
Maier raffte sich auf. »Ich wollte dich um Hilfe bitten, Anton«, sagte er.
»Aber ja ... Schieß los, alter Junge!« sagte Anton Kraske ermunternd, und nach einer kleinen Pause – etwas weniger forsch: »Brauchst du Geld?«
»Nein.« Maier schüttelte den Kopf. »Ich bin in einer bösen Klemme ...« Er suchte nach Worten. Es war schwer, den richtigen Anfang zu finden. Da es jedoch sinnlos schien, irgend etwas zu verniedlichen, entschloß er sich, dem ehemaligen Schulkameraden reinen Wein einzuschenken.
»Ich bin in einen Mordfall verwickelt«, sagte er und erzählte, was ihm passiert war. Er sah Anton Kraske nicht an, während er berichtete, er sah auf das leere Glas, das er in der Hand drehte, und hob erst wieder den Kopf, als er fertig war.
Anton Kraske blickte ihn entsetzt an. »Das ist ja fürchterlich!« sagte er heiser, »fürchterlich, Menschenskind! So eine irrsinnige Situation! Aber ... aber ... was kann ich da tun?«
»Ich wollte dich bitten, mich ein paar Tage bei dir ... Nun – eben – zu verstecken, ja? Bis sich die Sache irgendwie geklärt hat, nicht wahr ... Sie muß sich doch klären, Anton! Der wirkliche Mörder wird gefunden werden ... Ich ...«
»Aber das kann doch wochenlang dauern! Du kannst doch nicht wochenlang ... Ich meine, was soll ich denn meiner Frau ... Sie wird es morgen in der Zeitung lesen, daß sie dich im Verdacht haben ... Und wenn sie dich hier, bei mir, finden und festnehmen ... Wie stellst du dir das vor, Moritz? Mein Beruf, meine Karriere ... Ich bin zur vorzeitigen Beförderung zum Oberstudienrat vorgeschlagen – das ist doch dann alles in Frage gestellt!

Wie soll ich denn vor die Schülerinnen treten, wenn in der Zeitung steht: ›Studienrat versteckte den …‹« Er brach ab; das Wort ›Mörder‹ sagte er nicht mehr. Er kaute auf seiner Unterlippe. »Pardon, Moritz, ich glaube dir ja, daß du da reingeschlittert bist, ohne es zu wollen – sicher … Aber du sagst ja selbst, du erinnerst dich nicht genau, was gewesen ist … Ich meine, ob du nicht doch die Frau …« Er schwieg zwanzig Herzschläge lang, dann fuhr er fort: »Du mußt das verstehen, alter Junge. Wäre es nicht doch besser, du gingst zur Polizei und meldetest dich? Überlege doch mal! Ich an deiner Stelle …«
»Hör auf«, sagte Maier leise, »hör doch auf, Anton! Soviel Phantasie hast du nicht, um dich in meine Lage zu versetzen. Ich verstehe schon. Vergiß es, hörst du? Vergiß, daß ich dich überhaupt gefragt habe – und drück mir, wenn du Zeit hast vor deiner Beförderung zum Oberstudienrat, drück mir die Daumen.«
Anton Kraske saß hinter seinem Lehrerschreibtisch. Er saß völlig unbeweglich. Dennoch hatte Maier den Eindruck, daß er sich innerlich wand. Nach einer kleinen Weile sagte Kraske, und es fiel ihm offenbar schwer, den Erleichterungsschnaufer, den er auf dem Herzen hatte, zu unterdrücken, indem er den Kopf hob: »Hast du genug Geld?« und griff nach seiner Brieftasche. »Soll ich dir … Viel hab ich nicht bei mir, aber einen Hunderter könnt ich dir …«
»Schönen Dank«, sagte Maier, stand auf und stellte das Glas auf einen Stapel Englisch-Hefte. »Das ist nicht nötig. Ich mach mich jetzt auf den Weg. Alsdann …«

Brigitte kauerte auf der Couch in ihrem Zimmer und blätterte im Telefonbuch. So schlimm, wie sie sich's vorgestellt hatte, war das gar nicht. Es gab nur drei Spalten Maier mit ai. Gut, daß er das gesagt hatte. Sie mußte lachen bei der Erinnerung: Wie er da gestanden hatte in der leeren Bahnhofshalle mit seiner Simpelfransenfrisur und sie verdattert angesehen hatte, als sie ihn einlud zu der Party. Sie hatte schon gedacht, er würde ablehnen – und sie hätte ihre Wette verloren. Aber er hatte sie das erste Mal nur nicht verstanden, weil der Güterzug so laut durch die Halle schepperte. Und dann hatte er gezwinkert und sie mit seinen hellen Augen angeschaut, ganz ernst angeschaut, richtig so, als ob er sie prüfen wollte, ja … Und schließlich hatte er ein ganz winziges Lächeln gelächelt und gesagt: »Ja, warum denn nicht? Gern.«

Seine Stimme hatte sie gleich gemocht. Es war eine Stimme, die was vom Blues hatte, ein bißchen rauh und ziemlich dunkel und mit so klingenden Konsonanten, aber gar nicht affektiert oder geschult oder so … Einfach nur aufregend, und zwar sympathisch aufregend – nein, mehr: über den Rücken krabbelig aufregend … Und auch die Hand mochte sie, die er ihr dann gegeben hatte, eine kühle, feste, kräftige Hand. »Maier«, hatte er gesagt und eine Verneigung angedeutet, »… mit ai …«

Ja, so war das gewesen. Und dann hatte er noch »Moritz« gesagt, was sie – warum eigentlich? – sehr komisch gefunden hatte … Gleich darauf waren sie in seinen VW gestiegen. Schweigsam hatten sie während der Fahrt nebeneinander gesessen, und Biggy hatte schon gedacht: Ach du liebe Güte, einen Langweiler hab ich da geangelt … Aber das war Schüchternheit und Unsicherheit bei ihm gewesen. Nette Schüchternheit …

Sie mochte die andere Sorte Männer sowieso nicht, die ›Komm-man-ran-Puppe!‹-Männer, die angaben wie drei Tarzane, von ihrer ungeheuren Einmaligkeit redeten und davon überzeugt waren und sich beim näheren Hinsehen als Dutzendware erwiesen.

Da stand er im Telefonbuch: Maier, Moritz, Innenarchitekt … Eine leicht zu merkende Nummer: 35 45 55. Sollte sie ihn anrufen? Und was sollte sie sagen? Etwa: ›Ich hab ein Armband verloren, auf der Party gestern, Moritz, hast du … haben Sie … zufällig …?‹ Quatsch. Zu billig. Da merkte ja ein Blinder im Dunkeln, daß das ein Schwindel war. Warum konnte sie nicht einfach sagen: ›Gut überstanden? Ich möchte Sie – oder dich – gern wiedersehen‹ oder so was. Überhaupt: Sie oder du? Er hatte sie geküßt oder vielmehr zu küssen versucht. Jonny hatte gleich Eifersucht gemimt. Schade. Aber da war Moritz schon angekratzt gewesen. Vielleicht erinnerte er sich gar nicht. Vielleicht wollte er sich auch nicht erinnern, denn er würde ja heute bestimmt einen dicken Kater haben … Komisch, daß er so schnell groggy gewesen war. Er hatte doch nicht mehr und auch nicht schneller getrunken als die anderen. Und er sah auch nicht aus wie einer, der sich so sinnlos besäuft. Oder hatte er sich gar ihretwegen … Weil der Jonny diese alberne Besitzershow abgezogen hatte? – Innenarchitekt. Entwürfe für Möbel oder so. Und Wohnungen richten sie ein, die Villen feiner Leute. Bestimmen, welcher Vorhang zu welcher Tapete und was für ein Bild neben welchen Wandleuchter gehört. Schicker Beruf. Verdienen wohl auch ganz gut. Das Viertel, wo er wohnt, ist aber kein so dolles Viertel. Und VW? Na ja, das hat nichts zu sagen. Es gibt sogar Filmstars, die einen VW fahren, aus lauter Tiefstapelei … Ist ja auch egal.

Brigitte war so unentschlossen wie lange nicht. Sie warf das Telefonbuch auf einen Stuhl, stand auf und trat ans Fenster. Schönes Wetter draußen … Man sah zwar nicht allzu viel davon zwischen den langen und hohen hellroten Backsteinblocks, aber man spürte es. Im Wald mußte es jetzt schön sein. So silbrig-grün und noch ganz wenig Menschen. Nach frischer Erde roch es da und nach vielerlei Frühlingsgerüchen, die Brigitte alle nicht zu nennen wußte, weil sie in der Schule nur gelernt hatten, daß zum Beispiel Schlehe zu den zweikeimblättrigen, getrenntblumenblättrigen Bedecktsamern gehört – ebenso wie falscher Jasmin –, aber wie das alles riecht, das hatten sie natürlich nicht gelernt. Es

mußte bestimmt phantastisch sein, mit jemand, den man mochte, durch den Wald zu laufen, mit jemand, der wußte, daß dies Schlehe war oder falscher Jasmin, was da so duftete – mit jemand, der sagen konnte: ›Schau mal, eine Holztaube!‹ oder: ›Still – da sitzt ein Eichelhäher …‹ oder so was.
Nicht, daß Biggy nun plötzlich zur Naturliebhaberin geworden wäre, nur weil draußen schönes Wetter war – aber nein … Sie ging in ihrer Vorstellung vom Waldspaziergang auch noch einige Schritte weiter, sah sich an einen Baumstamm gelehnt, die Lippen des netten Mannes auf ihren Lippen, spürte seine Hände auf ihrer Haut …
Vor dem Haus schräg gegenüber hielt ein kleiner, klappriger Fiat mit zerbeulten Kotflügeln und einer verrückten Malerei auf der Rückseite. Ein junger, langhaariger Mann stieg aus und pfiff. Oben im dritten Stock erschien ein Gesicht am Fenster, eine Hand winkte, und vier Minuten später kam ein Mädchen aus der Haustür und kletterte in das Autochen neben den Burschen, der rauchend gewartet hatte – und ab ging die Post. Er fuhr viel forscher davon, als er gekommen war. Wie doch so ein Mädchen die Motorleistung steigert!
Brigitte sah den beiden nach, drehte sich dann kurzentschlossen um, lief zum Telefon und wählte 35 45 55. Das Rufzeichen kam an.
»Ja? Bitte? Hier fünfunddreißig, fünfundvierzig, fünfundfünfzig!« sagte eine Männerstimme.
»Hallo, Moritz!« rief Biggy. »Hier Brigitte.«
»Ja … Brigitte … Hallo!« sagte die Stimme am anderen Ende.
»Du klingst ja so anders?«
»Das … das … das macht sicher das Telefon«, sagte die Stimme. »Das verändert ja alles … Aber wie geht's dir?«
»Gut, danke …« Brigitte zögerte. »Aber sag mal, so eine veränderte Stimme … Das hab ich ja noch nie so gemerkt, daß durch das Telefon …« Sie schwieg. Die Männerstimme schwieg auch.

Und das machte Biggy erst recht stutzig. »Oder ist dort vielleicht gar nicht …?« fragte sie. »Warum sagst du nichts?«
Es war richtig zu hören, wie der Mann am anderen Ende nach Worten rang.
»Hallo!?« rief Biggy. »Moritz – hallo! Bist du krank?«
»Hier ist nicht Moritz Maier«, sagte die Stimme. »Hören Sie mir bitte zu: Vielleicht können Sie uns ja helfen.«
»Wer sind Sie denn?« Brigitte spürte, daß ihr das Herz im Halse klopfte.
»Kriminalpolizei«, sagte der Fremde.
»Um Himmels willen …«, flüsterte das Mädchen. »Ist Moritz … ist Herr Maier … ist er tot?«
»Nein.« Der Kriminalbeamte machte eine Pause. »Aber das kann ich Ihnen am Telefon nicht alles so sagen. Wie heißen Sie? Wo wohnen Sie? Wir kommen zu Ihnen!«
»Zu mir?« Biggy erschrak. Sie überlegte. »Nein …«, sagte sie dann.
»Aber …«, hörte sie noch – dann legte sie schnell auf. Langsam ging sie zurück in ihr Zimmer und setzte sich, in Gedanken versunken, ans Fenster. Das Wetter draußen war erstaunlicherweise immer noch schön.
»Kriminalpolizei …«, flüsterte sie ratlos.

Verdammt schade«, sagte Kommissar Klemens, als Kreuzer ihm von dem Anruf des Mädchens berichtete.
»Ja«, nickte der Inspektor kleinlaut, »aber was hätte ich denn …?«
»Ich mach Ihnen ja keinen Vorwurf«, sagte Klemens; »wahrscheinlich wäre mir auch nichts Besseres eingefallen. So eine Chance! Da haben wir jemanden an der Strippe, der uns möglicherweise weiterhelfen könnte – und was bleibt am Ende? Ein

Vorname: Brigitte. Völlig aussichtslos, rauszufinden, wer das ist. – Und sonst war auch nichts, wie? Briefe, mit denen was anzufangen wäre – vielleicht welche von dieser Brigitte? Oder eine Adressenliste – neben dem Telefon oder im Schreibtisch? Irgendwas … die Adresse seiner Eltern, seines Brötchengebers?«
Kreuzer schüttelte bei jeder Frage den Kopf. »Der Mann hat keinen festen Job, also er ist nicht angestellt. Er ist so 'ne Art freier Künstler – nee, auch nicht direkt. So 'n Freischaffender jedenfalls. Innenarchitekt steht auf der Visitenkarte und auch im Telefonbuch. Außer ein paar Ordnern und geschäftlichen Briefen, so an Leute, denen er die Wohnungen oder Häuser eingerichtet hat, und an Möbel- oder Bezugstoff-Firmen, Tapetenfabriken und so … sonst nichts. Er scheint da auch noch nicht allzulange zu wohnen. Und vielleicht hat er ja beim Umzug alles weggeschmissen, was andere Leute so aufheben: alte Liebesbriefe, Einladungen, Glückwünsche und solchen Kram … Ich weiß auch nicht. Wir haben jedenfalls absolut nichts gefunden, was irgendwie zu gebrauchen wäre. Schließlich können wir ja nicht bei den Firmen und Kunden herumfragen, ob sie was wissen, nicht wahr?«
»Nein«, sagte Klemens nachdenklich. »Haben Sie ein Foto?«
Inspektor Kreuzer nickte. »Ja, 'n paar. Aber ich weiß nicht, wie alt die sind.« Er reichte sie über den Schreibtisch.
Klemens breitete die fünf Fotografien vor sich aus und betrachtete sie, eine nach der anderen, lange, mit vorgeschobener Unterlippe und gerunzelter Stirn.
Es klopfte. Klemens rief, aus dem Nachdenken gerissen, ärgerlich und einige Phon zu laut: »Herein!«
Durch die Tür kamen, nein, schritten drei junge Herren. Der vorderste trug das rotblonde Haar wie einen Feuerwehrhelm. Es stand ihm in einer strammen Welle über den Augen und hing wie ein Nackenschutz über dem Kragen seines Wildledermantels. Der zweite hatte trotz seiner vielleicht erst dreiundzwanzig Jahre schon eine Stirnglatze, aber er war dafür mit einem gekräuselten

schwarzen Backenbart geschmückt, der so breit und dicht und filzig aussah, daß Klemens unwillkürlich an Putzwolle dachte. Der dritte hatte eine hübsch in Wellen gelegte, nach Pomade aussehende, aber sonst normale Frisur. Er trug eine Sonnenbrille, deren Gläser die Größe von Suppentassen hatten und nur noch einen schmalen Streifen Stirn, Reste der Nase, die Ränder der Ohren und den Mund sehen ließen. Im Mund hing eine Zigarette

»Guten Tag«, sagte der mit der Feuerwehrfrisur, »sind wir hier richtig? Wir suchen Kommissar Klemens.«

»Das bin ich.« Klemens stand auf.

»Wir kommen vom Fernsehen«, sagte der Backenbärtige.

Der dritte sah sich im Zimmer um. Dann nahm er die Brille ab und kniff die Augen zusammen, als prüfe er den Raum auf seine Eignung als Kulisse.

»Ach so«, sagte Klemens. Es klang nicht besonders freundlich.

»Sie hatten angerufen und um Fahndungshilfe gebeten, nicht wahr?« fragte der Rotblonde.

»Ja … Aber warum kommen Sie gleich in Kompaniestärke? Und das am heiligen Sonntag vormittag?«

»Wir arbeiten rund um die Uhr, Herr Kommissar«, flötete der mit der überdimensionalen Sonnenbrille, die er sich jetzt auf die Stirn geschoben hatte. »Allzeit bereit, sozusagen, wie die kleinen Pfadfinder.« Er lachte leise und schelmisch.

»Halt den Schnabel, Conni!« befahl der Rotblonde mit einem bösen Blick.

»Aber du … Nicht doch so streng!« kicherte der Sonnenbrillenträger, zupfte sich mit Daumen und Zeigefinger der linken Hand selbst am Ohrläppchen und nahm die Besichtigung des Büros wieder auf.

»Das ist, weil wir heute abend die Suchsendung haben«, erklärte der Rotblonde – und dann fiel ihm plötzlich ein, daß in Beamtenkreisen ein gewisser Wert auf Kinderstube gelegt wird. »Mein Name ist übrigens Petri. Dies ist Herr Reis, unser Aufnahmeleiter.« Er wies auf den Putzwollbärtigen. »Und dies ist Herr van Husen, unser Kameramann.« Damit zeigte er auf den allzeit bereiten Pfadfinder.

»Angenehm«, murmelte Klemens. Es klang wie ›Von mir aus‹. Er wollte noch mehr sagen, aber er kam nicht dazu, denn Herr Petri, der wohl noch etwas Höheres als Aufnahmeleiter war, ergriff bereits wieder das Wort.

»Bei uns sind nach Ihrem Anruf schon die Telefone heißgelaufen, jawohl. Wir dachten, diesen Mordfall gleich heute abend mitzuverbraten, wissen Sie. Das ist doch ein Knüller, Kommissar – so eine schöne, runde, noch warme Sache! So fix sind unsere Polizei und das Fernsehen! Früh umgebracht – abends auf dem Bildschirm! Was glauben Sie, wie das die potentiellen Killer schockt. Nicht mal mehr vierundzwanzig Stunden Zeit zum Verduften … Kaum hast du deine Silberbraut zerlegt – schon flimmert dein Porträt in alle deutschen Bürgerstuben, hahaha! Und das ist ja doch der Zweck unserer Arbeit, daß wir …«

»Würden Sie mal 'n Moment die werte Luft anhalten!« sagte Klemens.

Der Rotblonde schwieg betroffen, oder besser: überrascht. Er war das nicht gewöhnt, daß jemand seine schweifenden Gedanken unterbrach, aber er war nicht gekränkt. Er gehörte zu jener Sorte von Leuten, zu denen man ›Rindvieh!‹ sagen kann, ohne daß sie anders reagieren als mit der Frage: ›Wie kommen Sie denn darauf, mein Bester!‹ Das sind die idealen Vertreter, Groschenblattreporter und Unteroffiziere. Auch bei gewissen Film- und Fernsehproduktionen sind sie hervorragend gut zu gebrauchen und nahezu unersetzlich. Der Typ soll auch in der Politik reüssieren, hie und da.

»Ich habe nichts gegen eine nüchterne Betrachtung von Verbrechen, Herr Petri«, fuhr Klemens fort; »mir ist sogar der rauhe und manchmal zynische Ton meiner Kollegen und der Ärzte von der Gerichtsmedizin verständlich. Aber damit Sie es gleich wissen, junger Freund, ich finde schnoddrige Redensarten in Zusammenhang mit dem Tod ganz schlicht zum Kotzen, verstehen Sie?« In dem betretenen Schweigen, das nach seinen Worten herrschte, ging er zum Schreibtisch, zündete sich eine Zigarette an und sagte: »Ein Mord, meine Herren, ist kein Fernsehgag. Das ist meine Meinung!«

Pause.

»Da hat er recht«, wisperte der sonnenbebrillte van Husen, legte den Kopf schief, zwei Finger an die Schmollippen und sah den Kommissar mit einem Ausdruck an, der etwa heißen sollte: ›Welch ein hehrer Charakter!‹

Kreuzer grinste verstohlen.

»Entschuldigen Sie nur, Herr Kommissar«, sagte Petri, »so böse hab ich das ja nicht …«

»Okay – erledigt«, erwiderte Klemens. »Kommen wir zur Sache: Ich habe darum gebeten, eventuell ein Foto des offenbar flüchtigen *möglichen* Täters – oder jedenfalls des Mannes, der uns vielleicht weiterhelfen kann – nach den Abendnachrichten im Fernsehen zu zeigen, mit der üblichen Bitte um sachdienliche Hinweise und so weiter. Denn wir sitzen bisher fest, tappen im dunkeln, kommen nicht von der Stelle. An eine Einbeziehung in Ihre Sendung denke ich nicht …«

»Warum nicht?« fragte Petri. »Die Wirkung ist doch unverhältnismäßig viel größer; wir haben …«

»Ich weiß«, warf Klemens ein, »Sie haben von den angesprochenen Fällen ein paar aufklären geholfen. Aber Sie haben jedesmal eine Hexenjagd ausgelöst, die ich …« Er wurde immer leiser, was Kreuzer bei ihm als Zeichen aufkommenden Zorns kannte – »Ja, die ich schlechthin für unverantwortlich, für schlimm, für eine böse Sache halte. Diese – zugegeben: geschickt gemachte – Aufforderung zur Denunziation ist umstritten. Und ich gehöre schon deshalb zu den Gegnern solcher Publikationsmitarbeit, weil ich die Folgen kenne. Wollen Sie ein Beispiel?« Ehe die Fernsehleute antworten konnten, fuhr er fort: »Da haben Sie vor ein paar Monaten mal in einer Betrugsgeschichte einen Mann beschrieben, der soundso groß sei, einen Kamelhaarmantel trüge und auffällig dunkle Augen habe. Allein bei uns sind nach Ihrer Sendung zwei Dutzend Männer von aufgeregten Leuten ›festgenommen‹ worden, geprügelt, gejagt, wie die letzten Verbrecher behandelt worden – nur, weil sie Kamelhaarmäntel trugen und dunkle Augen hatten. Nee, wissen Sie, dieses Spielchen ist mir zu primitiv, zu billig, zu … zu … Ach, gehen Sie mir bloß weg mit Ihrer Sendung! Dann fangen wir uns unsere Kunden lieber selber, als solche Geschehnisse zu riskieren.«

»Hm«, machte der backenbärtige Reis. »Da ist wohl nichts zu machen …«

Petri sah den Kommissar an. Er hatte die Mundwinkel gesenkt und die rechte Augenbraue gehoben. »Tja«, meinte er schließlich, »wenn Sie dieser Meinung sind, Herr Kommissar Klemens …« Er sprach nicht aus, was daraus zu folgern wäre, aber es klang nach leiser Drohung. »Darf ich dann bitte mal telefonieren?«

»Bitte!« sagte Klemens und wies auf den Apparat auf seinem Schreibtisch.

Petri wählte. »Hallo, Mäuschen«, sagte er, als sich jemand meldete, »kann ich den Chef mal haben? Hier gibt es Schwierigkeiten … Wo ist er? Macht nichts, verbinde mich mal mit dem Schneideraum … Ja, es ist eilig!«

Er wartete, den Hörer am Ohr, ließ die Zungenspitze über die Lippen gleiten und vermied es, jemand anzusehen.

»Hallo, Chef!« rief er dann. »Wir haben mit Kommissar Klemens Kummer … hahaha, nein, kein Stabreim … Ernsthaft, ja. Er will den Fall nicht freigeben … Wie? … Nein, weil er die Sendung nicht mag … Was? Ja, er sitzt hier. Wollen Sie ihn selbst sprechen …? Augenblick …!« Petri wandte sich an Klemens: »Herr Axt möchte selbst mit Ihnen …«

Klemens nahm den Hörer und meldete sich.

»Aber sagen Sie mal, lieber Herr Kommissar Klemens«, tönte der Leiter der Sendung in sein Ohr, »das tut mir ja leid, außerordentlich leid … Doch ich habe schon mit unserem Programmdirektor die Sache abgesprochen, und …«

»Ihr Programmdirektor interessiert mich nicht«, fiel Klemens ihm ins Wort, »er hat ja wohl keine Weisungsbefugnis für die Kripo, wie? Oder?«

»Nneiin … natürlich nicht. Das will er sicher auch gar nicht. Aber er hat, soviel ich weiß, auch schon mit Ihrem Präsidenten telefoniert, und der hatte, wenn ich richtig informiert bin, keinerlei Bedenken oder Vorbehalte gegen eine Behandlung des Falles in meiner Sendung heute abend. Im Gegenteil! Ihr Präsident hat, wie man mir glaubwürdig berichtete, mit Freuden seine Zustimmung gegeben. Es wundert mich, daß Sie noch keine entsprechende Anweisung bekommen haben. Ich werde jedoch sofort Sorge tragen, daß man Ihnen umgehend …«

»Danke!« sagte Klemens. »Darum kümmere ich mich schon selbst!« Er legte auf, und Kreuzer stellte fest, daß er blaß war.

»Nun?« fragte Petri mit einem fast höhnischen Unterton.

Klemens antwortete nicht. Er suchte in dem Telefonverzeichnis neben seiner Schreibunterlage nach einer Rufnummer. »Wollen Sie bitte draußen warten, meine Herren«, sagte er dann, »ich habe dienstlich zu telefonieren.«

Die drei Fernsehleute gingen zur Tür. Kreuzer sah seinen Vorgesetzten fragend an.

»Nein, Sie nicht, Herr Kreuzer«, sagte der Kommissar. »Bleiben Sie hier.«

Er erreichte den Präsidenten in seiner Wohnung – aber das war auch alles, was er erreichte.

»Ich bedauere, Ihnen da nicht zustimmen zu können, Herr Klemens«, sagte der Präsident, nachdem Klemens seine Stellungnahme vorgetragen hatte. »Erstens ist Ihre Meinung über diese Sendung nicht objektiv und nicht frei von Emotionen … Wenn ich

auch einzelne Ihrer Argumente durchaus – ja, wirklich – anerkenne … und zweitens, was heißt hier ›schwebendes Verfahren‹? Wir suchen einen mutmaßlichen Mörder, nicht wahr – und dabei ist nahezu jedes Mittel recht. Gerade Sie, als erfolgreicher junger Kriminalbeamter, sollten doch neuen Methoden gegenüber aufgeschlossen sein, wie? Und drittens – ich weiß nicht, wie ich meine in bester Absicht gegebene Zusage zurückziehen soll, ohne daß es für mich … für uns alle … eh … Ärgernisse größten Ausmaßes gibt …« Und so weiter.
Zum Schluß sagte Klemens mit rauher Stimme »Jawoll« und legte auf.
»Geben Sie den Herren da draußen alle Informationen über den Fall und eines der Fotos, Kreuzer«, ordnete er an. »Es ist mir wohl nicht zuzumuten, daß ich mich am Ende noch selber in die Arena stelle!«
Kreuzer ging zur Tür.
»Aber eins wäre natürlich wunderbar«, rief Klemens plötzlich, und der Inspektor, der sich umdrehte, staunte, wie schnell das düstere Gesicht sich in ein verbissen verschmitztes Gesicht verwandelt hatte. »Wenn wir den Maier noch vor der Sendung kriegen … dann steht es 1:0 für uns, wie?«

Das Haus, auf das Maier zusteuerte, sah zwar auch an diesem Sonntagmittag im Sonnenschein wunderlich aus mit seinen Säulchen, Türmchen, Erkerchen und dem ganzen Jahrhundertwendeklimbim aus Steinmetz- und Drechsler- und Kunstschmiedezierat, aber es wirkte nicht so gespenstisch wie an grauen Nebelnachmittagen oder herbstlichen Regenabenden oder gar nachts, wenn der Mond durch zerrissene Wolken blinzelte und die kahlen Äste der riesigen Buchen ringsum ein Spinnennetz aus Schatten auf die graugelben Mauern warfen.

Vor knapp hundert Jahren von einem Mann erbaut, der irgendwas Elektrisches erfunden und – dadurch reich geworden – seiner Liebe zur Ritterromantik auch beim Bau dieses Hauses gefrönt hatte, war das ›Lichtenstein-Trutz-Fels-Hoheneck-Gebäude‹, das ursprünglich am Stadtrand in einem ausgedehnten Park gestanden hatte, mit dem Wachsen der Stadt immer mehr von Wohnblocks und Einzelhäusern eingekreist und zum Fremdkörper geworden. Es stand im stark geschrumpften Park zwischen zwei Dutzend wundervollen alten Bäumen wie ein zerknitterter Drehorgelmann auf einem Beatband-Podium.
Maier rangierte sein Auto zwischen bröckeligen Säulen und schief in den Angeln hängenden, rostigen Gittern des ehemals hochherrschaftlichen Tores hindurch, fuhr den leicht abfallenden, holperigen Weg entlang, der von morschen Sockeln gesäumt war, auf denen sich früher putzige Putten getummelt haben mochten, und stellte den Wagen schließlich rechts vor eine verfallene Remise.
Er überlegte eine Minute, verwarf dann aber doch den Plan, die Nummernschilder mit irgendwas – einem belaubten Zweig, einem Brett, einem Stück Kartoffelsack – zu tarnen, denn es war doch recht unwahrscheinlich, daß ausgerechnet hier ein Polizist seinen Streifengang ging oder gar ein Streifenwagen entlangfuhr. Außerdem war die Gefahr, gerade durch die Tarnung der Kennziffer auf sich aufmerksam zu machen, größer als die Gefahr der Entdeckung.
Also begnügte sich Maier damit, die Buchstaben und Zahlen auf dem hinteren Schild, das vom Weg aus zu sehen war, durch ein bißchen Schmutz, den er mit der Schuhspitze daran schmierte, unleserlicher zu machen.
Dann ging er – auch diesmal ohne seine Reisetasche – auf das pittoreske Haus zu. Er drückte den obersten Knopf der vierköpfigen Klingelleiste, der neben dem schief angeschraubten Namensschildchen Ruschewey war, und wartete. Es rührte sich

zunächst nichts. Dann wurde im ersten Stock halblinks über der schweren Eichenhaustür mit den rissigen Schnitzornamenten ein schmales gotisches Fenster mit bunten Butzenscheiben geöffnet, und Wasserrauschen zeigte an, was sich dahinter für ein Raum befand. Eine Männerstimme sang: »Es klappert der Huf am Stege, wir ziehn mit dem Fähnlein ins Feld ...« Es war der Stimme anzuhören, welche Mühe der Besitzer mit der Befestigung seiner Hosenträger hatte.
Maier drückte noch einmal auf den obersten Klingelknopf. Jemand kam innen die Treppe herunter. Die geschnitzte Tür wurde aufgeschlossen. Eine Frau in den Fünfzigern trat heraus, der Maier, wenn er Arzt gewesen wäre, sofort eine Gallendiät verordnet hätte, so griesgrämig, gelb und gequält sah sie aus.
»Zu wem wollen Sie?« fragte die Frau.
»Zu Herrn Ruschewey«, sagte Maier, »aber er scheint nicht zu Hause zu sein. Ich habe schon zweimal ...«
»Doch«, sagte die Frau und drückte ihrerseits auf den Klingelknopf, »er ist da. Ich wohne direkt unter Ihm. Ich habe ihn gehört. Das Radio hör ich immer, wenn er's mit in seine Küche nimmt, die Abflußrohre leiten den Schall ...« Sie legte lauschend den Kopf schief, aber es kam keiner die Treppe herunter.
»Vielleicht ist ja die Klingel kaputt«, sagte sie. »Hier ist alle naselang was kaputt. Der Besitzer kümmert sich um nichts. Nur um die Mieten. Ich laß Sie rein. Gehn Sie man rauf und klingeln Sie, oder klopfen Sie eben, nicht wahr ...« Sie sperrte mit ihrem Schlüssel die Haustür auf und ließ Maier hinein.
»Danke schön«, sagte er. Sie nickte nur mürrisch und wandte sich ab.
Maier begann die Treppe hinaufzusteigen. Es roch nach Keller, Kohl und Vergangenheit im Treppenhaus. Das Geländer war an mehreren Stellen zerbrochen, die Treppenstufen hatten sich unter hunderttausend Fußtritten gekrümmt. Vor dem Flurfenster zwischen dem zweiten und dem dritten Stockwerk hing ein leerer

Vogelkäfig. An den Gitterstäben steckte noch eine gelbe Feder. Wahrscheinlich war ein Kanarienvogel in dem Gehäuse gestorben.
Leise schnaufend erreichte Maier den dritten Stock. Es ging ihm nicht sehr gut. Der Kraskesche Korn setzte ihm zu. Außerdem war ihm flau vor Hunger. Er hätte unterwegs gern eine Kleinigkeit gegessen, eine Bratwurst oder wenigstens eine Tüte Pommes frites, aber er hatte es nicht gewagt, an einem der U-Bahnhöfe zu parken, wo er etwas Eßbares hätte kriegen können.
Ruschewey war ihm eingefallen, als er ein Kinoplakat gesehen hatte: GRAF PORNO UND SEINE SÜNDIGEN TÖCHTER – oder so ähnlich. Denn Ruschewey wurde im Maierschen Freundeskreis ›Graf Porno‹ genannt, weil er – ursprünglich Innenarchitekt, wie Maier – seinen Beruf an den Nagel gehängt und sich auf das Schreiben zwei-, nein, eindeutiger Bücher spezialisiert hatte, die so seltsame Titel wie *Am Abgrund der Lust* oder *Die Peitsche der Diotima* trugen und dem Verfasser neben erklecklichen Honoraren das Gefühl einbrachten, ein avantgardistischer Dichter, ein Verfechter neuer Lebensformen, ein Vorkämpfer der sexuellen Revolution zu sein.
Maier betätigte die Klingel an der Wohnungstür des Sexualrevolutionärs. Das Radio, das drinnen dudelte, wurde leiser gedreht. Ruschewey öffnete. Er war in senffarbene alte Kordhosen und einen undefinierbar farbigen grobgestrickten Rollkragenpullover gehüllt. Seine melierten Locken – er war ein Dutzend Jahre älter als Maier – standen wirr um sein gerötetes Gesicht mit den dicken Brauen über kleinen, wissenden, wässerigen Augen, der schmalen Hakennase und dem eigentümlich weichen, fraulichen Mund.
»He, Moritz!« rief er mit heiserer Stimme, »come in, old sailor!« Denn er liebte es, seine Rede mit englischen, französischen, russischen und spanischen Brocken zu würzen, obschon er keine dieser Sprachen wirklich beherrschte.

»Tag!« sagte Maier. »Bist du allein?«
»Allein ... Bruderherz ... endlich allein!« sang Ruschewey und schloß hinter Moritz Maier die Tür. »Die Damen haben mich vor einer halben Stunde verlassen. Sie wollten partout bleiben, aber ... mon Dieu, ich habe sie hinausgeworfen. Ich muß arbeiten!« Er sagte das sehr überzeugend, und dennoch glaubte ihm Maier kein Wort, und schon gar nicht den Plural ›Damen‹. An jedem anderen Tag hätte er Ruschewey deshalb angeflachst, ihn widerlichen Sexualprotz genannt – aber heute sagte er nichts, sondern tat so, als ob er den Kumpan bewundernd beneide. Was dem Dichter offensichtlich sehr schmeichelte:
»Man tut, was man kann, Moritz, mein Junge ...«, lächelte er, als ob er selbst an die Damen glaubte, die hinausgeworfen zu haben er behauptet hatte. »Für mich ist die Liebe auch eine karitative Beschäftigung, verstehst du?«
Maier nickte lächelnd. »Max Ruschewey, der warmherzige Samariter«, sagte er in Erinnerung an die vorhin genossene Predigt.
»Genau!« lachte der Verfasser richterlich beargwöhnter Romane. »Hast du Zeit? Willst du mit mir Mittag essen, Moritz?«
Maier hatte, soweit er sich erinnern konnte, noch niemals so schnell und so gern eine Einladung angenommen.
Ruschewey führte ihn über die knarrende Diele des dunklen Flurs in sein Wohnzimmer, das zugleich sein Arbeitszimmer und trotz ungeheurer Unordnung sehr gemütlich war. Auf mannshohen Regalen, deren Bretter sich bogen, waren viele hundert Bücher gestapelt – ja, gestapelt –, und an den Stirnseiten der Regalbretter hatte Ruschewey mit Reißzwecken Zeitungsausschnitte, Fotos aus Illustrierten, Plakate, Flugblätter, Briefe, Notizzettel, Rechnungen, Theaterprogramme und – immer wieder – Bilder von nackten Mädchen befestigt. Nackte Mädchen gezeichnet, nackte Mädchen fotografiert, nackte Mädchen gemalt – Dutzende, in den verschiedensten Perspektiven.

Auf dem sehr großen Schreibtisch – eigentlich nur einer riesigen weißgescheuerten Holzplatte auf Böcken – herrschte allerdings einigermaßen Ordnung. Und an der Wand gegenüber dem Schreibtisch hing ein besonderes Regal, in dem akkurat aufgereiht Ruscheweys Werke standen, siebzehn Bände Pornographie, zum Teil in bibliophilen Ganzlederausgaben mit goldener Schrift und reichen Ornamenten. Daneben war ein verschnörkeltes Brett angebracht, auf dem in phantasievollen Brandmalereibuchstaben der Spruch zu lesen stand: *Zwei Dinge erfüllen das Gemüt mit immer neuer und zunehmender Bewunderung und Ehrfurcht: der bestirnte Himmel über mir und das moralische Gesetz in mir.* Darunter stand in schöner Antiqua: KANT. Maier feixte.
»Setz dich«, sagte Ruschewey, verscheuchte mit einer Handbewegung einen dicken, zimtfarbenen Kater von dem großgeblümten Ohrensessel unter dem Kant-Spruch und schob die Sitzgelegenheit ans Fenster. »Du kannst, wenn du willst, in den Druckfahnen herumlesen, die ich gestern gekriegt habe. Mein neues Buch: Die purpurroten Nächte …« Er gab Maier einen Stoß bedruckter Papierbogen.
Maier setzte sich gehorsam. Er war sehr müde.
»Ich mach uns inzwischen was Schnuckeliges zu essen. Prima, daß du gekommen bist, amigo, ich esse so ungern allein. Magst du Spaghetti Milanese?«
»Sicher!« sagte Maier.
»Ich mach uns einen Salat dazu, picobello, mein Alter, da wird dir Hören und Sehen vergehen!« Er hob Daumen und Zeigefinger an die gespitzten Lippen und gab dabei einen Ton von sich, der schriftlich nicht dargestellt werden kann. »Wie geht's dir eigentlich?« fragte er noch, ehe er sich zur Tür wandte. »Du siehst malade aus, parbleu – wie nach einer Nacht mit … na, du weißt schon!«
»Ach danke, so, so lala …«, sagte Maier, mühsam mit den Lippen lächelnd.

»Na warte, ich werde dir die Spaghetti so würzen, old chap, daß du gleich wieder topfit bist – Karascho!«
Maier nickte. Ruschewey ging hinaus.

Brigitte Rokoszny stand an der Straßenbahnhaltestelle und wartete. Sie wartete ungeduldig darauf, daß die Bahn endlich kommen möge. Sie hatte es eilig – obschon sie sich andererseits vor der Fahrerei fürchtete: zwanzig Minuten Straßenbahnfahrt bis zur U-Bahn-Station, eine Dreiviertelstunde U-Bahn- Fahrt und dann noch mal eine Viertelstunde Busfahrt … idiotisch! Aber sie mußte hin. Sie mußte Jonny sprechen. Sie mußte von ihm hören, ob er wußte, was mit Maier los war, warum die Kriminalpolizei in seiner Wohnung war. Und wenn Jonny es nicht wußte, mußte er ihr helfen, es herauszukriegen.
Wie man nur auf eine so blödsinnige Idee kommen konnte, so weit außerhalb der Stadt zu wohnen. Schön, schön – die Natur, okay, und der Wald vor der Tür und die gute Luft … im Sommer die Kühe auf der Wiese hinterm Haus und im Winter Rehe und Rebhühner. Aber anderthalb Stunden Fahrerei mit zweimal Umsteigen … irrsinnig! Und dann nicht mal Telefon!
Da kam die Straßenbahn. Brigitte stieg ein. Ein Herr in den besten Jahren ließ ihr den Vortritt. Aber das war nicht Höflichkeit, sondern Hoffnung auf einen Blick unter ihren Rock, denn die Straßenbahnstufen waren so steil, daß sich da allerhand Aussichten eröffneten, wenn man nahe genug und günstig stand. Brigitte merkte nichts von dem Manöver, aber der Schaffner sah es und ärgerte sich über den Röckegucker. »Beeilung!« schrie er. »Könn'se nich 'n bißchen schneller, Opa?«
»Erlauben Sie mal!« empörte sich der Mittfünfziger und bekam einen roten Kopf.
Fast hätten sich die beiden in die Wolle gekriegt, während Brigitte, die Ursache des Streits, ahnungslos Platz nahm, ein Taschenbuch aufschlug und versuchte, den Rüttelrhythmus auszugleichen

und zu lesen. Es ging nicht. Sie war auch viel zu unkonzentriert. Also klappte sie das Buch wieder zu und sah aus dem Fenster.
Die ersten Sonntagnachmittagsspaziergänger waren unterwegs, Ehepaare im geruhsamen Gleichschritt feiertäglicher Harmonie, Kinder in guten Anzügen und gestärkten Kleidern – weniger zufrieden allerdings, weil sie keine Chance sahen, der gähnendlangweiligen Wohlgesittung zu entgehen.
In der U-Bahn gelang es ihr zu lesen, aber sie erfaßte nur zeitweise, was sie las. Zwischen die gedruckte Liebesgeschichte, die sie vor sich hatte, schoben sich wie Jagdhunde immer wieder die Gedanken an Moritz Maier, die Kriminalpolizistenstimme am Telefon, die seltsame Party der vergangenen Nacht …
Die U-Bahn bummelte, der Bus war weg. Sie mußte eine halbe Stunde warten. Der Bahnhofsvorplatz, auf dem sie herumlief und -stand, war trotz des guten Wetters öde und deprimierend. Es sah dort alles so nach kleinkarierter Improvisation aus: die Holzbude mit der Aufschrift BAHNHOFSRESTAURANT, die zwei geschlossenen Zeitschriften- und Zigarettenkioske, der kleine Bahnhof aus gelben Ziegeln … Selbst die fünf Lederjackenhelden mit ihren Mopeds und pickeligen Bleichgesichtern, die sich für Brigitte zu interessieren schienen und ihr mit scheppernden Motoren was vormachten – alles war trist und drückte auf die Stimmung des Mädchens.
Endlich, endlich kam der Bus, und zwanzig Minuten später stand Brigitte vor dem kleinen Haus am Ende der ungepflasterten Straße, in dem Jonny mit seinen Eltern wohnte.
Es war sehr still hier und roch wirklich gut nach Wald und Gras und so. In einem Garten ein Stückchen straßab arbeitete ein älterer Mann, der neugierig aufblickte, als Biggy vorüberkam. Irgendwo quäkte ein Kind oder eine Katze, das war nicht genau festzustellen. Weit weg ratschte eine Säge.
Das Haus der Kramers war klein und sauber, so sauber, daß Brigitte sich Jonnys Mutter sofort mit Kopftuch, Schürze und

Scheuerlappen vorstellte, und es sah genauso aus wie die Häuser, die auf Bauspar-Prospekten viel größer wirken, aber in Wirklichkeit zu klein sind. Es war so hübsch und einfallslos, daß man von draußen wußte, welcher Schmuck die Wände innen zieren würde: Dürers ›Betende Hände‹, eine echte Gebirgslandschaft in Öl, wuchernde Cissusranken und ein paar gerahmte Sprüche: *Humor ist, wenn man trotzdem lacht* und so weiter. Brigitte klingelte, aber niemand kam.

»So 'n Mist!« sagte sie halblaut und klingelte noch einmal, stürmischer, ohne daß etwas geschah. Sie sah auf die Uhr: Es ging auf halb vier. Sie beschloß zu warten, wenigstens eine Weile. Vielleicht kamen die Eltern bald und konnten ihr sagen, wo Jonny war.

Vor dem Bausparer-Häuschen war keine Sitzgelegenheit. Sich auf die Kunstsandsteinstufen zu hocken, hatte Biggy keine Lust. Sie ging den kiesbestreuten Weg am Haus entlang zwischen Rabatten mit Männertreu und Ringelblumen zur Rückseite des Hauses und fand dort auf einer kleinen Solnhofer Platten-Terrasse drei weißlackierte Gartenstühle schräg gegen einen Tisch gestellt. Als sie einen der Stühle an der Lehne nahm, fiel ihr Blick auf die Tür zur Terrasse. Die meterbreite Glasscheibe der Tür war kaputt. Silbrige Risse liefen von einem faustgroßen Loch neben dem Türgriff aus in alle Richtungen. Auf den Steinplatten glitzerten Scherbenstücke. Brigitte versuchte mit vorgehaltener Hand ins Innere des Raumes hinter der zertrümmerten Türscheibe zu sehen, aber eine dichte Tüllgardine verhinderte die Sicht. Brigitte faßte durch das Loch in der Scheibe, öffnete innen den Drehgriff und drehte sachte die Tür auf, die sich scheppernd in den Angeln drehte.

Das Mädchen schob die Gardine beiseite und ging ins Haus. Die zerborstene Glasscheibe vibrierte leise. Der Raum war nicht sehr groß, aber so vollgestopft mit Polstermöbeln, daß Brigitte sich zwischen den weinrot und grau bezogenen Sesseln hindurchwinden mußte wie eine Blindschleiche durch Gestein, ehe sie die gegenüberliegende Tür erreichte. Sie war sich darüber im klaren, daß sie in diesem Haus nichts zu suchen hatte, daß sie sich sogar strafbar machte, wenn sie hier drin herumlief. Aber es war einfach zu verlockend – das Loch in der Scheibe, die Leichtigkeit hineinzukommen ... und neugierig war sie nun mal, jawohl. Außerdem würde Jonny sie gewiß nicht anzeigen, wenn er jetzt heimkam und sie im Haus fand.

Sie öffnete die Tür zum Flur, der sehr schmal war. Unvorstellbar, wie sich da jemand einen Mantel anziehen konnte, ohne artistisches Training. Vom Flur, dessen Wände mit einer abwaschbaren Tapete beklebt waren, führte ein gewundenes hölzernes Treppchen neben der Küchentür nach oben.

Auf die Küche verschwendete Brigitte keine halbe Minute. Küchen interessierten sie nicht. Das war auch einer der Gründe, weshalb sie nie heiraten würde, es sei denn, der Mann wäre in der Lage, eine Köchin zu engagieren ... Aber wer konnte das heutzutage schon?

Auf dem roten Sisalläufer, der die Treppenstufen bedeckte, lag ein Zettel. Brigitte las: *Lieber Johann! Wir sind zu Elsbeth. Uwe hat heute Geburtstag. Kannst ja nachkommen, wenn Du ausgeschlafen hast. Der Junge würde sich sicher freuen. Dein Frühstück steht auf dem Küchenfensterbrett. Koch Dir ein Ei (im Kühlschrank sind frische). Gruß Mutter.*

Na so was, dachte Brigitte, der Kerl ist zu Hause und pennt und hört keine Klingel und nix. Das Haus könnten sie ihm ausräumen, und er würde es verschlafen. Na warte, Bürschchen!

Sie legte den Zettel wieder auf die Treppenstufe und stieg hinauf ins Obergeschoß des kleinen Häuschens, wo sie Jonnys Zimmer vermutete. Die schmale, gewundene Treppe mündete in einen winzigen Korridor, von dem drei Türen abgingen. Die mittlere hatte eine Mattglasscheibe, aus der dämmriges Licht auf den Treppenabsatz fiel. Das Mädchen klinkte sie behutsam auf: ein

Badezimmer. Brigitte nahm einen der drei Zahnputzbecher von dem gläsernen Bord überm Waschbecken und ließ ihn leise halb voll kaltes Wasser laufen. Dann öffnete sie, den Becher in der Hand, die rechte Tür, brauchte einen Augenblick, bis sich ihre Augen an das Halbdunkel in dem Raum gewöhnt hatten, und erkannte schließlich, daß jemand auf der Bettcouch lag, halbnackt, mit wirrem Haar und offenem Mund … Jonny. Sie nahm, näher schleichend, den Becher in die rechte Hand, holte, als sie auf vier Schritte heran war, mit Schwung aus und goß, gleichzeitig zurückspringend, dem Liegenden das Wasser über den bloßen Oberkörper.
Aber der rührte sich nicht.
Brigitte war davon so überrascht – sie hätte von einem Aufschrei, von sonst irgendeiner verrückten Reaktion des Bespritzten nicht so überrascht sein können wie von seiner völligen Regungslosigkeit.
»He! Jonny!« rief sie, und noch einmal laut: »Jonny, Schlafmütze! *Heeh.*«
Und dann kroch ihr langsam der Schrecken die Kniekehlen hoch über den Rücken bis ins Genick. Sie fror und spürte ihren Puls im Hals klopfen und stand da, bewegungslos vor Angst und für lange, lange Sekunden unfähig, einen klaren Gedanken zu fassen, einen überlegten Handgriff zu tun.
Der leere Becher fiel ihr aus der herabhängenden Hand und klapperte zu Boden. Brigitte faßte zum Schalter. Helles Licht floß in alle Ecken des Zimmers und über den jungen Mann auf der Bettcouch, der – eine schwarze Kordel eng um den Hals, das Gesicht bläulichrot – aus halboffenen, trüben Augen ins Nichts starrte.
Er war tot.
Brigitte schrie nicht. »Nein … nein, nein …«, flüsterte sie und ging mit gestreckten Armen, gespreizten Fingern, entsetzengeweitetem Blick langsam rückwärts. »Nein … nein!«

Im Korridor angelangt, drehte sie sich um, rannte stolpernd die Treppe hinab, über den Flur, wand sich durch die Elefantensesselherde des Wohnzimmers und lief aufatmend ins Freie. Sie lehnte sich gegen die weißverputzte Hauswand, stand dort im milchigen Sonnenschein mit geschlossenen Augen und versuchte, ihre Gedanken zu ordnen.
Vom Wald her hörte sie einen Kuckuck rufen.

Kommissar Klemens schrak vom Klingeln seines Telefons zusammen. Verschlafen griff er zum Hörer. Kreuzer meldete sich.
»Die Leute sind jetzt da, Herr Kommissar«, sagte er.
»Was für Leute?« fragte Klemens und rieb sich die Augen.
»Na, die Eltern der Toten«, erwiderte Kreuzer. Leichte Empörung klang aus seinen Worten. »Sie haben mich doch selber hergeschickt, weil sich am Telefon keiner gemeldet hat. Seit einer Stunde park ich vor der Villa – eben sind sie gekommen. In einem Taxi voller Koffer ...«
»Ich komme gleich raus«, sagte Klemens. »Unternehmen Sie nichts – ich will's ihnen selber mitteilen ... Also bis gleich!« Er legte auf. »Scheißmüdigkeit«, knurrte er, »ich hätte zum Mittagessen kein Bier trinken sollen. Aber na ... denn man los ...« Er rief die Fahrbereitschaft an, bekam die Auskunft, daß sofort ein Wagen zur Verfügung stände, und ärgerte sich darüber, denn so konnte er sich nicht mal mehr einen Pulverkaffee aufgießen. Er nahm den Mantel über den Arm und verließ das Büro.
Die Fünfundzwanzig-Minuten-Fahrt erfrischte ihn. Mit der wiederkehrenden Munterkeit erwachte auch seine Zuversicht. Vielleicht konnte er den Fernsehbrüdern doch noch einen Strich durch die Rechnung machen.
Die Villa des Exportkaufmanns Johannes Hemling lag in jenem Viertel des vornehmsten Vorortes, bei dessen Erwähnung selbst

alteingesessene Hanseaten nicht ohne Neid an Nerzcapes denken, an Spätaufstehen, Lunch (statt Mittagessen), an St. Moritz und Acapulco und zum Haareschneiden nach Paris.
Johannes Hemling, ein hagerer, weißhaariger Sechziger, ließ sich zum Haareschneiden seit fünfundzwanzig Jahren alle vierzehn Tage einen Friseur aus Klein-Flottbek ins Haus kommen, hatte seiner Frau auch schon ein Nerzcape geschenkt – aber vom Spätaufstehen, von St. Moritz, Acapulco und solchem Kram hielt er nicht viel. Nur was das Lunchen (statt Essen) anbetraf, dafür war er sehr zu haben – wie überhaupt für alles, was irgendwie englisch war. Die Teller, von denen alltags im Hause Hemling geluncht wurde, waren englisches Steingut – Wedgewood –, die Anzüge, in die der alte Kaufmann seine knochige Figur hüllte, stammten aus Savile Road, die Zigaretten, die er rauchte, hießen Dunhill, und die Geliebten, die er sich bis vor zwei, drei Jahren geleistet hatte, waren alle mit ›Darling‹ von ihm angeredet worden – schon, um Verwechslungen zu vermeiden. Selbst die Villa, die Hemling sich in dieser exklusiven Gegend gebaut hatte, war eine hamburgische Variante englischen Landhausstils. Die groteske steinerne Bulldogge neben dem Gartentor war sogar ganz echt, für viel Geld irgendwo in Schottland gekauft und hierher transportiert.
Klemens stand mit Kreuzer im Blickwinkel der Dogge vor dem Tor.
»Die Haushälterin hat gesagt, sie sind verreist, aber sie kommen heute nachmittag zurück«, berichtete. Kreuzer. »Ich habe ihr nichts von Kripo und so gesagt. Die haben also keine Ahnung. Ich glaube auch nicht, daß sie was wissen wegen ihrer Tochter. Der Alte war so lustig, als er aus dem Taxi kletterte ... Koffer, sag ich Ihnen, Herr Kommissar – ich glaub, elf Stück! Wieso so'ne alten Leute so'n Haufen Zeug mit auf Reisen nehmen ...«
»Tja«, meinte Klemens, »das gibt's. Und sonst? Ist da noch jemand außer der Haushälterin und dem alten Ehepaar?«

»Ein Sohn«, sagte Kreuzer, »Anfang bis Mitte Zwanzig. Genau weiß es die Frau auch nicht. Aber der ist nicht da. Sie kann nicht sagen, wo er steckt. Gestern war er noch zu Hause, aber am Abend ist er weggefahren – mit 'm Auto vom Alten. Weißer Mercedes. Kennummer kennt sie nicht. Komisch, daß keiner Autonummern kennt, nicht?«

»Und der Sohn ist noch nicht wiedergekommen?« wollte Klemens wissen.

»Nein«, sagte Kreuzer.

»Weiß er denn, daß die alten Herrschaften heute nachmittag eintreffen?«

»Sicher … Das heißt, das hab ich nicht extra gefragt. Aber weit weg kann er nicht sein – oder für länger weg, denn er hat kein Gepäck mit, und auch die Garagentür hat er aufgelassen, sagt die Frau.«

»Na ja – da wollen wir mal. Kommen Sie, Herr Kreuzer!«

»Ich soll mit? Muß das sein?«

Klemens nickte nur, und Kreuzer folgte ihm mit vorgestülpter Unterlippe und gerunzelter Stirn.

»Ulkiger Hund, nicht?« Der Kommissar steckte im Vorbeigehen der steinernen Bulldogge den Zeigefinger ins linke Nasenloch.

»Na, ich weiß nicht …«, knurrte Kreuzer, »ich würde mir so 'n Monstrum nicht in den Garten stellen.«

Sie erreichten die Eingangstür. Klemens klingelte. Die Haushälterin, eine Frau, die aussah wie ein Novembernachmittag in Hamburg, so grau und unwirtlich, öffnete und fragte:

»Sie wünschen?« ›Bitte‹ sagte sie nicht.

»Ich möchte Herrn und Frau Hemling sprechen«, sagte Klemens, »in einer wichtigen Angelegenheit. Mein Name ist Klemens.«

Die Frau beugte sich vor und erkannte jetzt erst im Gegenlicht Kreuzer. »Sie waren doch vorhin schon mal hier?« fragte sie. »Vom Statistischen Landesamt, oder wie das heißt, haben Sie

gesagt. Und was wollen Sie nun gleich zu zweit? Am Sonntagnachmittag? Ich glaube nicht, daß die Herrschaften ...«
»Ihr Glaube interessiert niemand, liebe Frau!« blaffte Kreuzer, der sich ärgerte, weil Klemens über das ›Statistische Landesamt‹ gegrinst hatte, die Frau an. Sollte doch froh sein, der Kommissar, daß ihm so 'ne Tricks einfielen, zum Teufel!
»Aber ...« Auf dem Gesicht der Frau spiegelte sich das Erstaunen über soviel Unverschämtheit.
Klemens versuchte, sie zu besänftigen: »Es ist wirklich eine sehr wichtige Sache. Wir würden sonst die Herrschaften nicht stören. Bitte sagen Sie Herrn Hemling, es handelt sich um seine Tochter. Um Frau Priebe.«
»Um Fee ...?« fragte dic Haushälterin erschrocken. »Da wird er wohl erst recht nicht ...«
»Warum?« Klemens war hellwach.
Die Frau sah sich scheu um, dann trat sie einen Schritt näher und wisperte: »Er hat ihr das Haus verboten, müssen Sie wissen ...«
»Und weshalb?« wisperte Klemens zurück.
»Weil sie sich hat scheiden lassen, und der Priebe – also ihr Mann – ist doch der Sohn von einem der größten Kunden von Herrn Hemling, und ...«
»Frau Korbitschek!« rief eine Frauenstimme aus dem Haus. »Wo bleiben Sie? Ist da jemand?«
»O Gott – die gnä' Frau!« flüsterte die Haushälterin und hielt sich die grauen Finger vor die grauen Lippen. »Ja ...«, rief sie, »ich komme!« und schloß die Haustür vor den beiden Kriminalbeamten.
Drei Minuten später – Klemens war drauf und dran, erneut zu läuten – öffnete sie wieder und sagte laut: »Herr Hemling hat keine Zeit. Er bedauert ...«, und leise fügte sie hinzu: »Hab ich's nicht gesagt?«
Klemens hatte keine Lust mehr, das Spielchen weiterzuspielen.

Er zückte seinen Ausweis. »Kriminalpolizei!« sagte er. »Lassen Sie uns rein, Frau Korbitschek!«
»Kri … Krimin … O du liebe Güte!« plärrte die Frau los. »Ich hab mir's doch beinah gedacht … O Gott … o Gott!« Sie rang richtig die Hände vor ihrem grauen Schürzenkleid, indem sie beiseite trat und die zwei Männer in die Diele ließ.
»Sagen Sie Ihrem Chef Bescheid!« befahl Klemens.
Sie haspelte davon.
»Hübsches Haus«, stellte Kreuzer fest.
»Ja«, bestätigte Klemens und kämpfte eine antikapitalistische Regung nieder, denn da hingen auf der hellen Täfelung der Diele eins – zwei – drei große Picasso-Lithographien, handsigniert, in schönen Rahmen, und er, Klemens, hatte noch vor kurzem sehnsüchtig simple Drucke betrachtet, die ihm auch schon zu teuer gewesen waren.
Johannes Hemling betrat durch die breite, gläserne Schiebetür, die von der Diele in einen riesigen Wohnraum führte, die Szene. Er trug einen langen, dunkelblauseidenen Hausmantel, in dem er noch hagerer wirkte, als er ohnehin war, und rauchte eine jener süßduftenden Zigaretten, die er bevorzugte.
»Unsere Haushälterin sagt, Sie wollen mich sprechen«, sagte er, und Klemens merkte der rauhen, erstaunlich dunklen Stimme an, daß ihr Besitzer sich bemühte, ruhig zu erscheinen. »Was kann ich für Sie tun?«
»Klemens«, stellte sich der Kommissar vor. »Kriminalpolizei«, fügte er hinzu. »Wir kommen in einer Sache, die sehr … sehr …«
»Ich weiß, es handelt sich um meine Tochter«, unterbrach Hemling. »Aber Sie brauchen sich nicht zu bemühen, meine Herren. Ich weiß nichts von ihr, ich will auch nichts wissen. Für mich ist sie tot.«
»Das ist Ihre Angelegenheit, Herr Hemling«, sagte Klemens, »aber inzwischen ist Ihre Frau Tochter nun leider auch für andere tot – für alle, sozusagen.«

»Wie bitte?« Hemling hob das Kinn und sah den Kommissar mit offenem Mund an. Er hätte sich bei seinem Geld einen besseren Zahnarzt leisten sollen. Man sah zu deutlich den Unterschied zwischen Natur und Kunst an seinen Zähnen.
»Ihre Frau Tochter ist in der vergangenen Nacht in ihrer Wohnung ermordet worden!« erläuterte Klemens und fuhr fort: »Ich bedauere, mir nicht darüber im klaren zu sein, ob ich Ihnen nun mein Beileid ...«
»Ermor ... Um Himmels willen!« sagte Hemling leise. Seine Stimme war noch rauher als vorher. »Bitte, treten Sie doch näher, meine Herren.«
Klemens mußte sich auf die Zunge beißen, um nicht ›Na endlich!‹ zu sagen.
Hemling führte die beiden Beamten quer durch die weitläufige Wohnhalle zu einer Sesselgruppe an der breiten Fensterfront, von der aus man in den schönen Garten sehen konnte. Der Rasen war – natürlich – englisch geschnitten, und der Außenkamin an der Nordseite der breiten Terrasse war im schönsten Tudor-Stil gebaut. Auch die Wohnhalle hatte viel davon. Neben der Sesselgruppe hing zudem ein Aquarell von Turner, so schön, daß Klemens überlegte, ob man es vom offenen Fenster aus – etwa mit einem Obstpflücker – stehlen könnte.
»Ich wäre Ihnen verbunden, meine Herren, wenn Sie das Gespräch abbrechen würden, falls meine Frau dazukommt«, sagte Hemling. »Sie ist herzleidend. Wir kommen gerade von einer Kur in Bad Kissingen, die ihr diesmal aber gar nicht so recht bekommen ist. Ich möchte ihr das selbst möglichst schonend beibringen, wenn Sie erlauben.«
»Selbstverständlich«, sagte Klemens, »obschon ich gern auch an Ihre Frau einige Fragen ... Aber vielleicht erübrigt sich das fürs erste.«
Hemling nickte, murmelte »Danke!«, bot aus einem Achatkasten Zigaretten an, die Klemens und Kreuzer ablehnten, und fragte

dann: »Wie ist das geschehen? Sie sagten …« Er zögerte: »… ermordet? Aber das ist ja ganz furchtbar!«
Klemens berichtete mit einigen Sätzen. Er machte das kurz und nüchtern und vermied es, dem – immerhin – Vater der toten jungen Frau die Einzelheiten zu schildern, die ihn hätten noch mehr schockieren können.
Johannes Hemling hatte die Ellbogen auf die Knie gestützt und das Gesicht in den Händen vergraben. Zwischen Zeigefinger und Mittelfinger seiner Rechten steckte eine brennende Zigarette, deren Rauch sich über die Schläfe und das weiße Haar des Kaufmanns ringelte.
Als Klemens geendet hatte, hob Hemling den Kopf. Die Asche der Zigarette fiel auf seinen blauseidenen Hausmantel, aber er beachtete oder merkte es nicht. »Entsetzlich …«, sagte er leise. »Haben Sie schon irgendeinen Verdacht oder Anhaltspunkt – eine Spur, einen Hinweis?«
»Nein«, erwiderte Klemens, »nichts Greifbares. Kennen Sie den Freundeskreis Ihrer Tochter, Herr Hemling?«
»Nein«, sagte der Kaufmann. »Wir sind uns – ich sagte es schon – sehr fremd geworden im letzten Jahr. Sie lebte ihr eigenes Leben. Ich kenne ihren Umgang nicht.«
»Ihre Tochter war geschieden, nicht wahr?« fragte der Kommissar.
Hemling senkte, die Brauen runzelnd, den Blick. »Ja«, sagte er. »Im März vorigen Jahres hat sie ihren Mann verlassen.«
»Wo lebt der Mann? Haben Sie vielleicht noch Kontakt mit ihm?«
»Er ist in Brasilien, soviel ich weiß. Er baut dort für das Unternehmen seines Vaters eine Filiale auf. Ich habe seit Monaten nichts mehr von ihm gehört.«
»Kennen Sie einen Moritz Maier?« fragte Klemens weiter.
Hemling verneinte.
»Aber Ihr Sohn kann uns da vielleicht weiterhelfen?«

»Das mag sein«, nickte Hemling. »Er besuchte Fee ... seine Schwester ab und zu.«
»Wo erreichen wir ihn? Wohnt er hier im Hause?«
»Ja. Nur im Augenblick ist er nicht da. Frau Korbitschek, die Haushälterin, sagt, daß er gestern abend im Theater war und heute nacht hier gewesen sein muß, denn er hat sich umgezogen. Aber wann er wieder weggefahren ist, das entzieht sich ihrer und meiner Kenntnis.«
»Was für einen Wagen fährt Ihr Sohn?«
»Einen weißen Mercedes 280«, sagte Hemling.
»Und er hat nicht hinterlassen, wo er ...«
»Nein. Er ist fünfundzwanzig. Da verlange ich keine Rechenschaft mehr von ihm, wie und wo er seine Wochenenden verbringt.«
Der Besuch bei Hemling, das ganze Gespräch mit ihm brachte nichts ein. Klemens fragte, Hemling antwortete – aber der Kommissar fand nirgends etwas, wo er hätte einhaken können. Er kam sich vor wie ein Frosch, der in Sirup gefallen ist. Es war eine sehr zähflüssige halbe Stunde. Klemens erfragte noch die Nummer des Mercedes, unterdrückte ein Grinsen, als er hörte, daß sie SE-X-69 hieß, wunderte sich, wieso der Wagen nicht in Hamburg, sondern in Bad Segeberg zugelassen sei, erfuhr, daß die Hemlings dort ein Landhaus hatten und ein Lager für irgendwelche Waren – und daß der Wagen, aus steuertechnischen Gründen, unter Bad Segeberger Kennzeichen lief. Und er erfuhr weiter, wenn auch mühsam, daß Hemling seine Tochter enterbt hatte, daß aber ihr Pflichtteil immer noch eine Dreiviertelmillion betrage.
»... von dem, was meine Frau ihr zuschustern wird, ganz abgesehen«, sagte Hemling. »Aber was sollen diese Fragen, Herr Kommissar?«
»Ich versuche, ein Motiv zu finden«, erklärte Klemens. »Es ist viel leichter, einen solchen ... solchen Fall zu verfolgen und aufzuklären, wenn man wenigstens ungefähr einen Anhaltspunkt

hat, warum die Tat geschehen ist, aus welchen Gründen, mit welchen Absichten ...« Er erhob sich.
Kreuzer, der die ganze Zeit stumm dabeigesessen und den Dialog verfolgt hatte wie ein Zuschauer ein Pingpongspiel in Zeitlupe (Kopf nach links, Kopf nach rechts ...), Kreuzer stand ebenfalls sofort auf. Sie verabschiedeten sich. Hemling brachte sie zur Tür. Klemens gab ihm noch seine Rufnummer und bat, den Sohn, sobald er heimkäme, zu veranlassen, sofort anzurufen.
Als sie sich schon halb draußen befanden, fragte der alte Herr noch – und es ging ihm schwer über die Lippen: »Und was wird ... Ich meine, wer kümmert sich um ... um meine Tochter?«
»Sobald das gerichtsmedizinische Institut die Tote freigibt, werden Sie benachrichtigt, denke ich«, sagte Klemens.
»Danke«, erwiderte Johannes Hemling und sah auf einmal wirklich wie ein Mittsiebziger aus – wie ein kranker Mittsiebziger. Wie einer, der seit Jahren an einem Kummer kaut.
Die beiden Beamten gingen schweigend nebeneinander zum Tor. Sie gingen langsamer als sonst, denn sie wußten nicht, daß ihnen auf der Straße etwas Überraschendes, Aufregendes, Ungeheuerliches – in jedem Falle aber völlig Unerwartetes – begegnen würde. Eine Überraschung, die ihnen für zwanzig Sekunden die Sprache verschlagen wurde ... und nach diesen zwanzig Sekunden würde es dann zu spät sein.

Der zimtfarbene Kater hatte sich gekränkt aufs Fensterbrett verzogen und sah Moritz Maier, dessentwegen ihn sein Herr aus dem Sessel gescheucht hatte, feindselig aus schrägen grünen Augen an. Maier redete ihm, die Druckfahnen auf dem Schoß, gut zu:
»Guck doch nicht so böse, Kater! Ich bin bestimmt viel müder als du. Wenn du wüßtest, was ich hinter mir habe und wie tief ich in

der Tinte sitze, würdest du mir freiwillig deinen Platz eingeräumt haben, glaub ich ...«
Und es war, als verstünde das Tier, was Maier sagte, denn es ließ sich nun träge blinzelnd nieder, knickte die Vorderpfoten unter die Brust, legte den buschigen, geringelten Schwanz, mit dem es bis jetzt ärgerlich gezuckt hatte, an seiner Flanke entlang und sperrte das rosa Maul zu einem Gähnen auf.
Maier lächelte. Er griff nach den bedruckten Blättern und las. Weder Ruscheweys Geschichten noch sein Stil hatten ihn je besonders gefesselt oder amüsiert oder etwa gar aufgeregt, aber er zwang sich zu lesen, um irgend etwas darüber sagen zu können, denn der schriftstellernde Freund würde bestimmt fragen. Er las:

Corinna lag nackt im Sand, der noch warm von der südlichen Sonne war, und sah ihm entgegen. Der seltsam phosphoreszierende Abendhimmel bildete eine eigentümliche Gloriole um seinen muskulösen Körper. Er trat schweigend näher und immer näher. Fast war etwas Bedrohliches in seinem Näherkommen, aber es war eine süße Drohung, die des Mädchens Pulse schneller schlagen ließ.
»Du bist eine Zauberin«, sagte er, über ihr stehend, mit rauher Stimme, riß sich das offene, seidene Hemd vom Leibe und ließ mit zwei Handgriffen die Shorts zur Erde fallen. Dann glitt er neben sie und griff nach ihren straffen Brüsten, die sie seinen fordernden Fingern mit einem Stöhnen überließ, das seine Erregung ins Maßlose schwellen ließ ...

»Ach du grüne Neune!« sagte Maier zu sich selbst. »Abends im Sand – na, ich weiß ja nicht ... Haben die armen Leute kein Bett?« Er blätterte in dem Papierstapel, schlug sich zwischendurch leicht auf den Bauch, weil sein Magen unheimlich laut knurrte, versuchte, auf einer anderen Seite noch ein paar Zeilen zu lesen, fand, daß das Sandkuhlenpaar es nun, diesmal naß vom Schwimmen, nackt auf einem Felsen mitten im Wasser trieb, bewunderte die Neigung der beiden zu artistischen Leistungen und Ruscheweys Erfindungsreichtum in bezug auf ungewöhnliche Koitus-Kulissen und ließ gelangweilt die Seiten sinken.

»Bei euch Katzen ist das einfacher, wie?« sagte er zu dem Kater, der daraufhin ein tiefgrummelndes Schnurren begann und die Augen schloß.

Maier machte noch einen dritten Versuch, in Ruscheweys Kunstwerk einzudringen. Er las, daß der potente Herr außer der Zauberin Corinna noch eine Blondine *mit Brüsten wie reife Melonen* – ach du heiliger Bimbam! – zu seinen Spielen in Sand und Wasser hinzugenommen hatte, daß die drei nicht nur ihre Füße nach einsamen Stellen, sondern auch ihre Münder in dreisamen Stellungen wandern ließen … Und da fiel Maier so plötzlich, daß er aufsprang und den Kater erschreckte, wieder das Kennzeichen des weißen Mercedes ein, der vor ihm hergefahren war heute nacht: SE-X-69.

Er lachte. Jawohl: Diese Leute mußte er finden: Karl und diese Zizie und den schwarzhaarigen Burschen, der so eifersüchtig gewesen war – Jonny … SE-X-69! Wie konnte er feststellen, wem der Wagen gehörte?

Mit einemmal war Maier hellwach. Er packte die Fahnen des neuesten Ruschewey-Romans auf den Schreibtisch und lief in die Küche.

»Darf ich mal telefonieren, Max?« fragte er den Freund, der mit Gewürzbüchsen über einer großen Steingutschüssel voll Salat aus Tomaten, Bohnen, Gurken, Paprika und sonst was hantierte.

»Aber klar«, sagte Ruschewey, »wenn's nicht gerade ein längeres Überseegespräch ist, immer!«

»Hast du ein Telefonbuch?«

»Neben der Schreibmaschine. Wir können übrigens in fünf Minuten essen.«

»Prima! Danke«, sagte Maier und lief zurück ins Arbeitszimmer. Er nahm sich das dicke Telefonbuch, dessen Deckel mit Bleistift- und Kugelschreiber-Kritzeleien verziert war, und begann zu suchen. Unter S fand er das Straßenverkehrsamt nicht. Er suchte unter B – Behörden – und entdeckte, indem er den Finger die Spalten entlanggleiten ließ, endlich die Rufnummer. Er wählte. Eine Frauenstimme meldete sich.

»Hier Oberwachtmeister Schröder«, sagte Maier und erschrak selbst über seinen Einfall. »Ich ermittle in einer Verkehrssache, Frollein. Können Sie wohl für mich den Besitzer eines Wagens mit Bad Segeberger Nummer feststellen?«

»Bad Segeberg? Das glaub ich nicht. Wir haben hier außer den Hamburger Listen nur die direkt angrenzenden: Pinneberg, Ratzeburg, Winsen an der Luhe … Nein, Bad Segeberg nicht.«

»Verflixt noch mal … was mach ich bloß?« sagte Maier. »Ich bin nämlich unterwegs, und das ist so schwierig mit dem Telefonieren …«

»Rufen Sie doch die Polizeileitstelle in Segeberg an«, empfahl die Straßenverkehrsamtsdame.

»Ja …« Maier zögerte. »Sagen Sie, könnten Sie nicht ganz nett sein und das für mich machen? Ich muß dauernd auf dem Sprung sein. Ehe die Kollegen dort … Da geht mir der Mann möglicherweise durch die Lappen. Ich wäre Ihnen schon sehr dankbar!«

»Sind Sie denn allein unterwegs?« wollte die Frau wissen.

»Ja – sicher! Und mit meinem eigenen Wagen. Ich wäre Ihnen schon sehr …«

»Gut«, sagte die Frau, »ich werd's probieren. Rufen Sie mich wieder an? Oder soll ich Sie irgendwo …?«

»Ich ruf Sie an«, sagte Maier frohlockend und nannte ihr das Kennzeichen.

»In einer halben Stunde, ja?«

»Gut. In einer halben Stunde. Sie sind ein Schatz!« rief er.
»Halten Sie die Luft an, Herr Oberwachtmeister!« lachte sie und legte auf.
Maier schrieb die Nummer auf einen Zettel. Er kam sich vor wie Hänsel und Gretel, als sie im dunklen Wald das Licht sahen. Hoffentlich war dieses Licht keine Hexenhausbeleuchtung.
Ruschewey kam mit einem Tablett durch die Tür. »Fertig, Moritz?« Maier nickte. »Nimm mal den Kram da vom Tisch und deck schnell die Decke drüber, die dort im Regal liegt.«
Maier räumte Papier, Leitzordner und Aschenbecher von dem eckigen Mosaiktisch in der Zimmerecke. Er legte alles auf den Schreibtisch, breitete das – relativ saubere – Tischtuch aus und nahm Ruschewey das Tablett ab, auf dem Geschirr und Bestecke und die Salatschüssel standen.
»Du bist ja eine perfekte Köchin«, sagte er. »Mir läuft das Wasser im Munde zusammen.«
»Siehst du«, sagte Ruschewey, »und das ist einer der Gründe, warum ich nicht heirate. Ich esse zu gerne gut und koche leidenschaftlich gern. Meine arme Frau Gemahlin wäre überfordert, nom de Dieu – auch noch bei Tisch so hohe Anforderungen erfüllen zu müssen … Willst du was trinken? Ein Bier?«
»Ja«, sagte Maier und schluckte, weil ihm wirklich das Wasser im Munde zusammenlief.
»Hol zwei Pullen aus der Speisekammer – da, neben der Küchentür«, ordnete Ruschewey an. »Die Gläser sind dort im Klappschrank über dem Radio – und da muß auch der Öffner sein. Ich hole die Spaghetti – d'accord?«
»Oui!« erwiderte Maier und tat, wie ihm geheißen.
Während sie beide hin und her liefen und hantierten, sagte Maier: »Ich hab in deinem neuen Buch herumgeblättert, Max. Das liest sich gut. Tolle Szenen. Diese Corinna, na weißt du … Aufregendes Weib. Und auch die andere, die mit dem Melonenbusen … Sag mal, wo nimmst du das immer so her? Ich meine, wie fällt

dir so was ein? Und immer wieder was Neues! Schließlich kannst du das wohl nicht alles selber erlebt haben – oder …?«
Ruschewey setzte die Schüssel mit den Spaghetti auf den Tisch. » ›Nichts halb zu tun ist edler Geister Art …‹ Das wußte schon der olle Wieland«, sagte er, »und das ist auch meine Maxime, mon cher!«
»Na ja, schön … Aber auf Felsen und im Sand – das müssen doch recht anstrengende Studien sein!«
»Setz dich hin und iß«, sagte Ruschewey, »und laß es dir schmecken, Moritz. Ich spreche nicht gern davon, weißt du – es klingt so leicht nach Eigenlob.«
Ruscheweys Kochkunst verhielt sich zu seiner Dichtkunst wie eine fünfundzwanzigjährige Pariserin zu einer fünfundfünfzigjährigen Pfarrhaushälterin aus Niederbayern, womit nichts gegen die Bekömmlichkeit, sondern nur etwas über den Geschmack gesagt sein soll. Die Spaghetti Milanese waren die besten, die Maier jemals gegessen hatte, soweit er in Anbetracht seines Heißhungers objektiv urteilen konnte. Und der Salat dazu – im wahrsten Sinne des Wortes atemberaubend, denn Ruschewey hatte nicht mit Zwiebeln, Knoblauch, Pfeffer und sonst noch allerlei Scharfem gespart – der Salat war schlechthin einmalig.
»Gut, daß ich nicht auf amouröse Abenteuer aus bin augenblicklich«, sagte Maier; »ich werde nach deinem Salat aus allen Poren duften wie ein ganzes serbisches Zigeunertreffen. Schmeckt aber umwerfend, Max! Darf ich noch ein bißchen?«
»Hilf mir bloß aufessen«, sagte Ruschewey. »Vor allem der Salat muß weg, der ist welk ungenießbar.«
Sie luden sich erneut die Teller voll.
»Warum bist du nicht auf Amouren aus, old chap? Willst du nicht – oder darfst du nicht – oder kannst du nicht?«
»Das erzähl ich dir später«, erwiderte Maier mit vollem Munde.
»Da bin ich aber gespannt«, sagte Ruschewey. »In deinem Alter hab ich überhaupt nichts anbrennen lassen.«

»Hm«, machte Maier.
Sie saßen dann am abgegessenen Tisch und rauchten. Der zimtfarbene Kater hockte auf Maiers Stuhl und kaute auf Schinkenwürfeln, die Ruschewey ihm aus der Spaghettischüssel gefischt und zugeworfen hatte.
»Ja, Max«, fing Maier nach einer kleinen Pause an, »ich bin nämlich zu dir gekommen, weil ich in der bösesten Patsche sitze, die du dir denken kannst ...«
»Hast du ein Mädchen angebumst?« erkundigte sich Ruschewey.
»Nein – du liebe Güte, wenn es nur das wäre! Hör mal zu ...«
Maier suchte nach Worten, denn er wollte – nach der Erfahrung mit Kraske – nicht gleich wieder mit der Tür ins Haus fallen. Das Wort ›Mordfall‹ schmiß ja wohl auch den Stärksten um.
»Alors, Junge, spann mich nicht auf die Folter!« drängte Ruschewey.
Maier gab es auf, nach Umschreibungen zu suchen. Er erzählte, was ihm widerfahren war und was er seitdem gemacht hatte.
»Ach du dickes Ei! So eine verkorkste Chose!« sagte Ruschewey, als Maier fertig war, stand auf, trat ans Fenster und sah, Maier den Rücken zudrehend, hinaus. »Und was, dachtest du, soll ich dir dabei helfen, Moritz?« fragte er schließlich über die Schulter.
»Vielleicht ...« Maier war sich eigentlich schon im klaren, wie das weitergehen würde, aber er machte noch einmal einen Versuch: »Vielleicht, hab ich gedacht, könnte ich ein paar Tage bei dir bleiben – bis sich die Sache geklärt hat, verstehst du? Ich könnte ja auf dem Sofa schlafen und würde dir bestimmt nicht zur Last ...«
»Ausgeschlossen!« sagte Ruschewey, ohne sich umzudrehen. »Das ist nicht drin, Moritz. Really, beim besten Willen ... Du weißt, daß ich kein Spielverderber bin, aber ...« Er wandte sich zu Maier um, der noch am Tisch saß und sich mit bebenden Fingern eine neue Zigarette anzündete. »Aber ich bin selbst, wenn

du so willst, ein Verfolgter. Drei meiner Bücher stehen auf dem Index. Täglich, ja stündlich kann irgendwer mich neu anzeigen. Dann taucht hier die Polizei auf – und dann bist du da! Dann gehn wir doch beide hops, und ich kriege ein Verfahren an den Hals wegen – wie heißt das – Begünstigung oder so … Compris, Moritz? Ich sage nicht, daß ich dir deine Geschichte nicht glaube – hell, no! Aber für die Justiz bist du doch wohl einigermaßen tatverdächtig, einstweilen. Ich würde dich sofort aufnehmen, wenn ich selber keinen Dreck am Stecken hätte, wenn ich ein solider Beamter, ein kleiner Koofmich wäre. Aber hier bei mir, old boy, bei mir, der ich doch ebenfalls als Außenseiter der Gesellschaft, als Paria, als sonst was dastehe – hier bist du doch nicht sicher, hier hast du doch …«

»Ist schon gut, Max«, sagte Maier. »Ich hab's kapiert.«

»Mach doch nicht so 'n verzweifeltes Gesicht! Ich kann doch nicht anders – in deinem eigenen Interesse …« Ruschewey trat an den Tisch. »Brauchst du Geld, Junge? Ein paar Hunderter hab ich im Hause, die könnte ich dir …«

»Nein, danke.« Maier probierte ein Lächeln; es fiel ziemlich trübselig aus. »Wenn du mir noch 'ne schöne Tasse Kaffee spendierst – und wenn ich noch mal telefonieren darf, bin ich dir schon sehr dankbar. Dann hau ich ab.«

»Aber ja, aber klar!« rief Ruschewey, dem Maier ansah, daß ihm ein dicker Stein vom Herzen gefallen war. »Gleich kriegst du einen Kaffee, mein Junge – schwarz wie die Nacht, heiß wie die Liebe und stark wie … na, rate mal?« Sein Versuch, Scherze zu machen, wirkte in diesem Augenblick wie ein Kichern in der Kirche. »… stark wie Max Ruschewey! Haha!«

Er wartete nicht ab, ob Maier auch lachte, sondern lief in die Küche.

Maier ging zum Telefon und rief die Dame vom Straßenverkehrsamt an.

»Das hätten wir, Herr Oberwachtmeister!« sagte sie. »Aber es war gar nicht so einfach. Ich mußte erst die Leitstelle anrufen, und die wollten dann selber bei der Kripo, also bei Ihrer Dienststelle, zurückrufen … furchtbar umständlich. Ehe ich denen erklärt hatte, daß Sie unterwegs sind und keiner Sie erreichen kann und daß es eilt, und daß sie nichts weiter als den Namen raussuchen sollten … Zum Auswachsen! Aber ich hab's!«

»Sie sind ein richtiggehender Engel«, sagte Maier. »Wenn ich mal in den Himmel komme, bring ich Ihnen eine Tüte Bonbons mit!«

Sie lachte. Es klang hübsch, wie sie lachte. Wenn sie so aussah, wie sie lachte, sah sie sicher sehr süß aus. Aber Maier hatte andere Sorgen. Er notierte die Adresse. Der Wagen SE-X-69 gehörte einer Firma Hemling-Export in Hamburg. Zweigstelle und Lager Segeberg. Die Telefonnummer hatte der tüchtige Engel auch schon festgestellt. In Segeberg war es 4317, in Hamburg eine sechsstellige.

»Und dann gibt's da noch den Inhaber oder Chef oder was das ist«, sagte der Straßenverkehrsamtsengel, »dessen Privatnummer und Anschrift in Hamburg hab ich auch. Wollen Sie die wissen?«

»Sie sind unbezahlbar!« Maier schrieb mit und fragte die Unbezahlbare nach ihrem Namen.

»Warum?« fragte sie zurück.

»Ich will mich, sobald ich kann, revanchieren!« versprach Maier.

Sie sagte, sie heiße Grimm, und glücklich verheiratet sei sie auch – seit sechs Wochen.

»Wieder eine Hoffnung weniger«, turtelte Maier. Sie lachten. Er bedankte sich nochmals und legte auf.

Ruschewey kam mit dem Kaffee. Schwarz wie die Nacht war er, aber die Liebe, dachte Maier, hätte ein bißchen heißer sein können. Ruschewey hatte wohl in der Eile, den gefährlichen Gast loszuwerden, nicht darauf gewartet, daß das Wasser richtig kochte. Na, egal. Maier trank schweigend und in Gedanken versunken. Wenn er nur mit dem Auto durchkam … Vielleicht fahndeten sie

ja noch gar nicht nach ihm? Er mußte es riskieren. Aber was war das nur für eine Stimme am Telefon gewesen – heute morgen?
Ruschewey kramte auf seinem Schreibtisch in irgendwelchen Papieren. Plötzlich schlug er sich an die Stirn: »Mensch, Moritz, quelle idée!« rief er. »Du könntest doch auf Karins Boot ...!«
»Was für ein Boot? Wer ist Karin?« Maier stellte die leere Kaffeetasse ab.
»Karin ist ... sie ist, nun ja, eine liebe Bekannte, verstehst du? Der Mann macht in Chemiefasern oder so was. Ist immer unterwegs. Zur Zeit ist er irgendwo im Nahen Osten, big business, verstehst du? Und sie kurt im Schwarzwald – ich habe keine Ahnung, wogegen sie kurt, aber sie kurt. Und ich hab den Schlüssel für ihr Boot – na, Boot ... das ist eine kleine Komfortwohnung mit Kiel drunter und Motor hinten dran. Liegt in dem kleinen Yachthafen Teufelsbrück. Dort bist du für eine Woche bestens aufgehoben, Moritz, old chap!«
»Ja, aber ...« Maier schöpfte Hoffnung, zwar noch nicht viel – eine hohle Hand voll Hoffnung –, aber immerhin.
»Was – aber?« fragte Ruschewey.
»Ich kann mich auf dem Dings doch sicher kaum rühren – ich muß doch runter ab und zu, um was zu essen zu kaufen und ...«
»Unsinn!« fuhr Ruschewey dazwischen. »Alles vorhanden! Die ganze Kombüse voller Zeug, ein Kühlschrank, eine oder zwei Kisten Bier und was du brauchst ... alles da. Brot geb ich dir mit für zwei bis drei Tage und eine Tüte Äpfel, wenn du willst – und ein paar Eier. No trouble. Du mußt mir nur versprechen, daß du – nun ja – daß du den Einbrecher mimst, wenn sie dich dort irgendwie schnappen sollten ...«
Maier schaltete nicht. »Den Einbrecher?« fragte er.
»Na ja – ich weiß von nichts, capito? Karin hatte mich gebeten, auf das Boot aufzupassen. Ich habe dir davon erzählt. Du hast mir den Schlüssel geklaut, um dich dort zu verstecken. Okay?«

Maier zögerte zehn Sekunden. Dann nickte er. »Okay, Max. Wie heißt der Kahn und wo liegt er genau?«
»Möwe III heißt er – originell, nicht?« Ruschewey beschrieb das Boot und den Liegeplatz und gab ihm den Schlüsselbund. »Also – toi, toi, toi, Alter! Take it easy! Melde dich, sobald alles in Ordnung ist, ja?« sagte er an der Tür, nachdem er Brot, Äpfel und Eier für Maier in einen Papierbeutel gepackt hatte.
»Danke. Vielen Dank«, erwiderte Maier und ging die lebensgefährliche Treppe hinunter.
Er suchte im Stadtplan, den er im Auto hatte, die Straße, in der jener Hemling wohnte, sah, daß der Liegeplatz des Bootes ungefähr in der gleichen Gegend lag, und beschloß, den Umweg über die Adresse Hemling zu machen. Vielleicht konnte er dort den Mercedes entdecken oder diesen Karl treffen und ein paar Funken Licht in das blödsinnige, quälende Dunkel der vergangenen Nacht bringen.
Er mußte durch die ganze Stadt fahren, und er fuhr so vorschriftsmäßig und vorsichtig wie nie zuvor. Alle zwei Minuten sah er in den Rückspiegel, ob nicht bereits ein Streifenwagen hinter ihm war.
Den vornehmen Vorort erreichte Maier zu dem Zeitpunkt, als Kommissar Klemens und Oberinspektor Kreuzer sich an Hemlings Haustür verabschiedeten.
Er bog rechts in die stille, schmale Villenstraße ein, während die zwei Männer zu ihrem Dienstwagen gingen, der links vor dem Grundstück Hemlings stand.
Maier fuhr langsam. Er sah den schwarzen Ford – es war genauso einer wie der, der heute früh gekommen war, als er gerade das Haus verlassen hatte, in dem die Tote lag. Und da ... den Gartenweg entlang kamen zwei Männer, und einer davon war der mit den grauen Haaren und dem jungen Gesicht. Und jetzt schaute der Grauhaarige hinüber zu Maier, der gemächlich auf der anderen Straßenseite an dem Ford vorbeifuhr. Und jetzt stutzte der

Mann, griff seinen Begleiter am Arm und redete ganz schnell irgendwas, worauf der Kopf des Begleiters herumfuhr nach Maiers Auto …

Wie war das Kennzeichen, Kreuzer, schnell!« rief Klemens.
»SE-X-69«, sagte Kreuzer verblüfft, weil sein Chef so aufgeregt sprach.
»Nein … das von Maiers VW!«
»HH-SB 3000«, sagte Kreuzer prompt.
Klemens faßte ihn am Arm. »Mensch, Kreuzer«, flüsterte er hastig, »dort fährt er!« und spurtete auch schon los.
Aber der Mann im VW gab in diesem Augenblick Gas, preschte davon und raste die stille Straße entlang wie ein durchgehender Gaul. Klemens rannte zum Dienstauto, hatte Schwierigkeiten mit dem Schlüssel, weil er so aufgeregt war, und schimpfte. Endlich! Er schrie es fast: »Rufen Sie alle Streifenwagen über Funk, Kreuzer – dann kriegen wir ihn!«
»Hm«, machte Kreuzer, und da erst sah der zappelnde Kommissar, daß sie einen jener Dienstwagen hatten, die nicht mit Funk ausgerüstet waren. Klemens fluchte so ungeheuerlich, daß ganze Nonnenklöster in Ohnmacht gesunken wären, wenn sie es gehört hätten, wendete den Wagen, was auf der schmalen Straße schwierig war und dreimaliges Rangieren vorwärts und zurück erforderte, und fuhr mit aufheulendem Motor hinter dem VW her … Aber der war über alle Berge, und es war aussichtslos, herauszukriegen, ob er nach links oder nach rechts, landwärts, stadtwärts, durch den Wald in die Nachbarstadt oder die Chaussee zum Fluß oder sonstwohin gefahren war.
Nach viertelstündiger Kreuz-und quer-Fahrerei und vergeblicher Suche trafen Klemens und Kreuzer einen Streifenwagen, hielten

ihn an, wiesen sich aus und ließen nun über Funk alle Wagen rufen, die in diesem Stadtgebiet stationiert waren.
Sie hätten sich gar nicht so anzustrengen brauchen, denn knapp zweihundert Meter neben der Stelle, von der aus Klemens den Alarm auslöste, stand der VW HH-SB 3000. Er stand zwischen dreißig oder noch mehr anderen Personenkraftwagen – weit größeren und eleganteren – auf dem Parkplatz eines bekannten Restaurants am Flußufer. Maier jedoch war nicht mehr im Wagen. Und auch in dem renommierten Restaurant war er nicht. Er stand, seine Reisetasche in der Hand, den Trenchcoat über der Schulter, an einer Bushaltestelle und sah den Autos nach, die vorüberfuhren.
Es waren auch zwei Streifenwagen dabei.

Brigitte lehnte noch immer an der Hauswand. Der Kuckuck im benachbarten Wald hatte aufgehört zu schreien. Über den klaren, blaßblauen Himmel zogen sich fünf lange, weiße Wolkenstreifen gleich den gespreizten Fingern einer Hand. Aus einem der Gärten nebenan rief eine Frauenstimme: »Uwe, Uwe …!« mit so langem U, daß es wie eine Klage klang.
Brigitte strich sich über die Augen, als könne sie damit das Bild wegwischen, auslöschen, ungesehen machen, das wie ein Alptraum war: das Bild des netten Jungen Jonny – bewegungslos auf dem zerwühlten Bett, Wasserspritzer auf dem graublauen Gesicht, die toten Augen zur Decke gerichtet … ein schreckliches, nein – ein grauenvolles Bild! Grauen ist mehr und schlimmer als Schrecken, nicht wahr?
Sie würde das nie vergessen.
Sie würde noch viele Jahre davon heimgesucht werden; es würde immer wieder auftauchen … vorm Einschlafen, im Traum, tagsüber, mitten in ein Gelächter hinein … unvermutet wie ein Schmerz, gefürchtet, vergeblich verdrängt … Sie fürchtete sich jetzt schon davor, ohne genau zu wissen, wovor sie sich fürchtete.

Trotz der Angst vor dem Entsetzlichen, das sie hinter sich im Hause wußte, kostete es sie Mühe, sich von der weißverputzten Wand zu lösen. Der Schock war ihr im wahrsten Sinne des Wortes in die Glieder gefahren; sie hatte Mühe, die Beine zu bewegen, und ging wie eine Frau von achtzig, mit zitternden Knien Schritt für Schritt zwischen Ringelblumenrabatten zur Gartenpforte und auf die leere Straße.

Dort riß sie sich zusammen, redete ihren steifen Knien zu: Los, macht schon, was soll das ...! und ging auf den alten Mann zu, der drei Gartenzäune straßab mit klappernder Schere eine Buchenhecke schnitt.

Telefon, dachte sie, und: Polizei, und: Hilfe! ... Aber dann – noch dreißig Schritte von dem Heckenstutzer entfernt – fiel ihr die Kriminalpolizistenstimme an Moritz Maiers Telefon ein, diese nüchterne, kühle, bohrende Stimme; und sie sah sich stundenlang auf einem harten Stuhl sitzen und hörte die Stimme: *So, Sie kannten die Leute also gar nicht, mit denen Sie da gefeiert haben gestern nacht? Keinen, außer diesem Jonny, wie? Seltsam – man feiert doch nicht in einer fremden Wohnung mit lauter Fremden – oder? Und diesen Herrn Maier kannten Sie auch nicht? Den haben Sie selbst erst auf dem Bahnhof angesprochen? Ach – und er ist einfach so mitgegangen? Was war das denn für ein Mann? Und wie ging es auf dieser Party zu ...?* Nein, das würde sie nicht ertragen. Am Ende schleppten die sie noch mit in das Haus hier, noch mal vor Jonnys Leiche und vor die Augen der Eltern ... Nein!

Brigitte lief an dem alten Mann vorbei, der ihr wieder neugierig nachsah. Sie mußte mit ihrer Mutter sprechen. Ganz schnell mußte sie sich aussprechen, Rat suchen, Trost holen, Hilfe holen; denn allein würde sie durchdrehen mit dem Bild, dem grauenhaften Bild des toten Freundes ...

Sie brauchte nicht zu warten, der Bus bog um die Ecke, als sie auf die Haltestelle zulief. Die U-Bahn fuhr, eine Minute nachdem sie

Platz gefunden hatte, ab. Es dauerte nicht länger als eine Stunde, bis Brigitte zu Hause war.
»Hallo, Mama!« rief sie in den kleinen Flur, aber es kam keine Antwort.
Auf dem Garderobentisch lag ein Zettel: *Bin zum Kaffeekränzchen bei Grete. Am Abend wieder da. Gruß, Mama.*
»Du liebe Güte!« sagte Brigitte laut und enttäuscht. »Grete? Wer ist denn Grete?« Sie erinnerte sich einiger Namen, wußte, daß ihre Mutter sich mit einer Oberförsterswitwe, die komischerweise Frau Hirsch hieß, mit einer pensionierten Postbeamtin und noch zwei, drei oder gar vier anderen Damen reihum zum Kaffeetrinken traf. Sie wußte außer dem Försterswitwennamen auch noch ein paar andere – aber welche davon jene Grete war – keine Ahnung! Sollte sie alle der Reihe nach anrufen? Aber wo wohnte zum Beispiel die Postbeamtin? Wo und bei wem fand heute dieser blöde Kaffeeklatsch statt, zum Teufel?
Brigitte zündete sich eine Zigarette an und setzte sich auf einen Küchenhocker. Die Wohnung war still, nur der Kühlschrank summte. Als er sich ausschaltete, war die Stille noch spürbarer. Irgendwo, weit weg, begann jemand Ziehharmonika zu üben. Immer wieder die gleiche Melodie, bis zu einem bestimmten Lauf, an dem er sich verhedderte ... Dann war es wieder ganz still. Brigitte stand auf, löschte den Zigarettenrest im Ausguß, schnallte den Mantelgürtel wieder um und rannte aus der Wohnung, flüchtete vor der Stille und vor ihren Gedanken. Sie lief durch die sonnigen Sonntagnachmittagsstraßen, sah sich Schaufenster an, ohne zu sehen, was sie sah, und malträtierte ihr Gehirn auf der Suche nach einem Ausweg.
Aus der offenen Tür einer Konditorei wehte Kaffee-, Schokoladen- und Marzipanduft um Brigittes Nase, und sie erlag der Versuchung sofort.
Es war nicht voll in dem langgestreckten Raum, dessen Stuckaturen und Dekorationen in Rosa und Weiß mit der Süßigkeit der

Torten und Törtchen hinter dem Glasaufbau der Theke wetteiferten. Nur fünf oder sechs der zwei Dutzend einbeinigen runden Marmortischchen waren besetzt.
Brigitte setzte sich ans Fenster und bestellte bei dem Mädchen im schwarzen Samtkleid mit Tändelschürze und Häubchen einen Mohrenkopf mit Sahne und Kaffee. Dann steckte sie eine Zigarette in den Mund und suchte in ihrer Handtasche nach Zündhölzern. Am Nebentisch sprang ein Mann in den Vierzigern auf, ließ sein Feuerzeug aufflammen und sagte auf Brigittes »Danke« mit seltsam gepreßter Stimme: »Nichts zu danken! Es war mir ein Vergnügen!« Dabei sah er Brigitte zwanzig Sekunden länger an als nötig, gab seinem Blick einen Ausdruck, den er wohl für verführerisch hielt, lächelte ein bißchen, steckte aber Lächeln, Verführerblick und Hoffnung auf, als das Mädchen ihn erstaunt, kühl und unbeteiligt von oben bis unten betrachtete, und zog sich enttäuscht auf seine Absprungbasis zurück wie einer, der sich nach einem Fünfmarkstück bückt und feststellen muß, daß es ein plattgetretener Flaschenverschluß ist.
Brigitte machte sich über den Mohrenkopf her und vergaß darüber für ein paar Minuten ihre Sorgen. Der Feuerspender vom Nebentisch kapitulierte endgültig vor der offensichtlichen Eßlust und entschwand.
Brigitte bestellte sich noch einen Mohrenkopf – mehr, um die Entscheidung hinauszuschieben, vor der sie stand, als aus Appetit – und trank ihren Kaffee aus. Schließlich aber gab es keine Ausrede mehr, und sie zahlte, ließ sich vorsorglich ein paar Groschen geben, verließ die Konditorei und steuerte mit zusammengebissenen Zähnen zielbewußt auf eine Telefonzelle zu, die sie über ihren Kuchenteller hinweg schon die ganze Zeit im Auge gehabt hatte.
Es war heiß in dem Glasgehäuse und roch nach Schweiß und Zigarrenstummeln. Brigitte wählte die Nummer, die zusammen mit dem Wort ›Überfall‹ an der Wand stand.

»Polizei!« meldete sich eine rauhe Stimme.
»Sind Sie ... Nehmen Sie auch Meldungen auf?« fragte das Mädchen mit einem Kloß in der Kehle, der die Worte brüchig und zittrig machte.
»Meldungen? Ja – wieso? Was für Meldungen ... natürlich!« erwiderte der Mann am anderen Ende.
»Ich will ... ich möchte ... ich muß einen Mord melden«, sagte Brigitte schnell, »Buchfinkenweg 37 ... der Tote heißt Moritz ... ach nein, Verzeihung, Jonny Kramer! Haben Sie? Buchfinkenweg ...«
»Halt!« rief der Mann. »Wer sind Sie? Von wo aus ... Sind Sie dort im Buchfinkenweg? Im Haus, wo ...«
Brigitte hängte schnell ein, stieß die Tür zur Telefonzelle auf, holte tief Luft und ging davon.
Nach fünf Schritten merkte sie, daß sie ihre Handtasche auf dem zerfledderten Telefonbuch hatte liegenlassen, kehrte um, holte die Tasche und nahm ein Taschentuch heraus, um sich die Schweißtropfen von der Stirn zu wischen.

Aus den drei Männchen, die Kommissar Klemens am Nachmittag auf den Papierbogen zu malen begonnen hatte, war inzwischen eine dichtgedrängte Menschen-, richtiger: Männchenmenge geworden. Da gab es welche mit Hüten, welche mit Glatze, welche mit langen Haaren, welche mit und welche ohne Bart; einige rannten, einige marschierten im Stechschritt, wieder andere fuchtelten mit den Armen ... Keine zwei taten das gleiche, aber eines hatten sie alle gemeinsam: sie machten ernste Gesichter. Keines der Klemensschen Männchen lachte.
Klemens selbst, der zuletzt noch – grimmig – gelacht hatte, als Maier im VW an seiner Nase vorbei- und davonfuhr, Klemens selbst war der unleugbare Vater aller dieser todernsten Männchen

auf dem Papier: Er hatte den gleichen Gesichtsausdruck wie die Kinder seiner Grübelei.
Der Aschenbecher quoll über; Zigarettenasche war über die Fotos der Toten verstreut, die, gemischt mit den Aufnahmen aus Moritz Maiers Wohnung, auf dem Schreibtisch herumlagen.
»Fingerabdrücke …!« sagte der Kommissar mürrisch. »Scheiße! Alles voller Fingerabdrücke – die Türklinken, Lichtschalter, der Wasserhahn in der Küche … Na und? Maiers Fingerabdrücke und hundert andere. Ein paar davon kommen auch in dem VW vor, den sie oben an der Elbe gefunden haben. Aber das beweist doch alles gar nichts. Oder?«
Kreuzer, der am Fenster saß, die Beine auf der Heizung, müde, voller Sehnsucht, nach Hause zu seiner Gastwirtstochter-Ehefrau und dem Hammelbraten zu kommen, den sie schon heute mittag auf dem Tisch haben wollte – Kreuzer nickte nur. »Es ist gleich sechs«, sagte er. »Worauf warten wir eigentlich noch, Chef?«
»Auf einen Engel oder Teufel oder irgend so was«, knurrte Klemens, »auf einen Kollegen von der Streife, der nicht gepennt hat und anruft, weil er Maier gesehen hat – auf jemand, der Maier verpetzt, auf Maier selber … was weiß denn ich! Es gibt doch noch Wunder, hab ich neulich irgendwo gelesen.«
»Wo?« fragte Kreuzer.
»In irgend so einem frommen Traktätchen«, sagte Klemens.
»Nein, ich meine, wo es noch Wunder gibt?« wollte Kreuzer wissen.
Die Tür ging auf. Kriminalrat Siebenhaar kam herein. Er hatte Dienst als FoB, das heißt ›Fahndungsoffizier in Bereitschaft‹ oder so ähnlich, was ihn nicht daran hinderte, einen ganz normalen, menschlichen Eindruck zu machen.
»Da ist mir eben ein Anruf durchgegeben worden, Herr Klemens«, sagte er, »das wird Sie vielleicht interessieren.«
Klemens stand auf. Kreuzer war schon vorher aufgestanden, als der Vorgesetzte hereinkam.

»Eine Frauenstimme hat einen angeblichen Mord gemeldet. Draußen im Nordosten – Buchfinkenweg«, fuhr der Kriminalrat fort und hielt den Zettel mit seinen Notizen weit von sich weg, weil er nur so ohne Brille entziffern konnte, was darauf stand. »Da soll einer ermordet worden sein, hat sie gesagt, und deshalb komme ich darauf: Sagen Sie mal, hieß der Mann, den Sie suchen, nicht Moritz mit Vornamen?«

»Ja«, sagte Klemens mit wachsender Erregung. »Moritz Maier, mit ai … Ist er tot? Hat sie …?«

»Nein«, unterbrach Kriminalrat Siebenhaar, »die Stimme – anonym leider – hat gesagt, der Tote hieße Jonny Kramer, aber sie hat sich vorher verhaspelt. ›Moritz‹ hat sie erst gesagt, verstehen Sie? ›Er heißt Moritz … ach Verzeihung, Jonny Kramer‹, hat sie gesagt – und deshalb dachte ich …«

»Vielleicht ist das das Wunder?« murmelte Kreuzer.

»Wie bitte?« fragte der Kriminalrat irritiert.

»Ach – nichts weiter«, bog Klemens ab. »Ich fahre gleich mal hin. Oder ist schon jemand dort?«

»Nein«, sagte Siebenhaar. »Ich dachte … Ja, fahren Sie hin. Rufen Sie mich an, was Sie finden, ja?«

»Ja«, sagte Klemens. »Kommen Sie mit, Kreuzer!«

Kreuzer nickte. Der Hammelbraten versank hinter dem Horizont. Sie fuhren sehr schnell. Klemens steuerte den Wagen selbst. Diesmal war es einer mit Funk. Außer dem Gezwitscher und Geplapper des Funkempfängers und außer der Mitteilung Kreuzers, daß er nun aber doch sehr gespannt sei, fiel während der Zwanzig-Minuten-Fahrt kein Wort. Klemens kannte die Gegend und fand sich ohne Suchen zurecht. Als sie vor dem Häuschen der Kramers hielten, war es genau halb sieben.

Klemens klingelte an der Haustür und schickte Kreuzer, als sich nichts rührte, um das Haus herum zur Rückseite. »Schaun Sie mal hinten nach; vielleicht ist dort jemand.«

Kreuzer lief den ringelblumengeränderten Weg entlang, nahm im

Laufen seine Dienstpistole aus dem Halfter und steckte sie entsichert in die Jackentasche – nicht aus Angst, sondern weil er für eventuelle Überraschungen gewappnet sein wollte. Es handelte sich immerhin um einen Mordfall, wenn der Anruf nicht eine Spinnerei oder ein blöder Jux gewesen war – das wußte man ja vorher nie.

Er sah die zerbrochene Scheibe sofort, zog die Tür auf, streckte den Kopf vorsichtig – wenn vielleicht auch nicht ganz vorschriftsmäßig – durch die Gittertüllgardinen in den Wohnraum, rief halblaut »Hallo!«, merkte im gleichen Augenblick, wie blöd das war, schnupperte ... hörte, sah, roch nichts Besonderes, erschrak kurz, als die Uhr plötzlich zu schlagen begann – halb sieben (sie ging fünf Minuten nach) –, und zog sich schließlich zurück, wobei er gleichzeitig die Hand aus der Tasche mit der Pistole nahm, nachdem er diese wieder gesichert hatte. Als er an der Hausseite entlang nach vorn ging, kam ihm Klemens entgegen.

»Kommen Sie«, sagte der Kommissar leise und zog Kreuzer neben sich hinter eine dicke, dichte Konifere.

»Was ist?« fragte Kreuzer.

»Ein Wagen.«

Kreuzer spähte durch die Zweige des Baumes. Vor der Vorgartenpforte stand ein weißer Opel Kadett mit laufendem Motor. Ein junger Mann in der zweiten Hälfte der Zwanziger war ausgestiegen und half einer älteren, molligen Frau aus dem Auto. Nach ihr stieg ein kleiner, hagerer, grauhaariger Mann aus, dem beim Aussteigen der Hut in den Nacken rutschte, was ihm das Aussehen eines Zechers nach der dritten Flasche Korn gab.

»Komm doch eben noch auf einen Schluck mit rein, Arno«, sagte der Zecher, rückte seinen Hut gerade und sah nun wieder wie ein Kleingärtner im Sonntagsstaat aus.

»Nee, danke, Schwiegerpapa«, lehnte der junge Mann ab, »erstens wegen der Promille, und außerdem – Elsbeth wartet.

Um sieben ist auch die Übertragung der Pokalendrunde, weißt du?«
»Bloß auf einen Schluck, Arno!« quengelte der Alte.
»Nu laß ihn doch! Wenn er nicht will!« sagte die Frau, bemerkte den Dienstwagen Klemens', dem man das Dienstliche allerdings nicht ansah, und fragte: »Kennst du das Auto, Hermann?«
»Nein«, sagte der hagere Mann. »Da ist sicher jemand bei Jonny.«
»Ich muß los«, meldete sich jetzt der Schwiegersohn. »Schönen Dank auch für euren Besuch und das Obst!«
»Fahr vorsichtig!« sagte die Frau.
»Willst du nicht doch noch auf 'n Schluck ...«, bohrte der Mann mit dem Hut und wandte sich der Haustür zu, als der Junge sich lächelnd und kopfschüttelnd ins Auto setzte und davonfuhr.
»Grüß Elsbeth noch mal!« rief die Frau, aber das konnte der Davonfahrende nicht mehr hören.
Der alte Mann kramte in seinen Taschen. »Hast du den Schlüssel?« fragte er seine Frau.
»Nein«, erwiderte sie, sah aber in ihrer großen Handtasche nach. »Den hab ich dir doch gegeben. Hast du ihn wieder irgendwo liegenlassen?«
»Wieder?« gab er giftig zurück. »Ich habe noch nie ... Ach, hier ist er ja!« Er klirrte triumphierend mit dem Schlüsselbund.
»Na also«, sagte die Frau; »nun mach schon.«
»Kommen Sie«, forderte Klemens den Inspektor auf und trat zusammen mit ihm hinter der Konifere hervor.
»Guten Tag!« sagte er zu dem Ehepaar.
Erschrocken sahen beide stumm auf die zwei Männer, die da plötzlich vor ihnen standen.
»Bitte entschuldigen Sie«, fuhr Klemens fort, »wir sind von der Polizei, und ...«
»Polizei?« krähte der dünne Alte und sah die zwei Beamten von oben bis unten mißtrauisch an.

»Kriminalpolizei!« erklärte Klemens und zückte seine Dienstmarke.
»Was ist denn los, um Gottes willen?« fragte die Frau ängstlich. Ihre Hände zitterten.
Klemens zögerte, sah Kreuzer mit einem hilfesuchenden Blick an, holte dann, als auch Kreuzer schwieg, tief Luft und sagte: »Wir haben einen anonymen Anruf bekommen, daß ... ja, daß in Ihrem Hause ein ... nun, ein Unglücksfall ...«
»Jonny!« rief die Frau, weiß im Gesicht wie ein Tischtuch. »Schließ doch auf, Hermann!« Sie stöhnte.
Der Alte fummelte aufgeregt am Schlüsselloch herum. Endlich sprang die Tür auf. Die Wohnzimmertür knallte im Gegenzug zu. Scherben klirrten.
»Jonny!« rief die Frau.
»Die Terrassentür ist kaputt«, sagte Kreuzer, ohne daß jemand darauf achtete.
»Jonny, Jonny ...!« Jetzt schrie die Frau schon. Auf der Treppe lag ihr Zettel.
»Er ist oben«, sagte sie, »er schläft. Er hat immer so einen festen Schlaf.«
Sie klammerte sich an Jonnys festen Schlaf wie an das Geländer einer schwankenden Brücke.
»Jonny!« rief jetzt auch der dünne Alte mit überschnappender Stimme die Treppe hinauf.
Keine Antwort.
»Ich weck ihn!« sagte die Frau. Sie schickte sich an, die halbgewendelten steilen Stufen zu erklimmen.
Klemens – voll schlimmer Ahnungen – ging hinter ihr her.
»Warten Sie doch«, sagte die Frau über die Schulter. Aber er ließ sich nicht beirren.
Es war stickig in dem kleinen Flur am oberen Ende der Treppe. Sie öffnete die Tür zum Zimmer ihres Jungen. »Tatsächlich«, sagte sie leise, »er schläft noch ... Na so was!« Klemens stand

neben ihr. Hinter ihnen trappelten die Schritte Kreuzers und des alten Mannes herauf.
»Jonny!« rief die Frau halblaut. »Halb sieben durch, Junge! Du kannst doch nicht den ganzen Tag ...« Sie trat näher an das Bett, auf dem er lag. Ihr Fuß stieß an den leeren Plastikbecher, der klappernd an die Scheuerleiste rollte.
Klemens, dessen Augen sich an das Dämmerlicht schneller gewöhnt hatten, erkannte, was los war. Mit zwei schnellen Schritten trat er neben die Frau, hielt sie am Arm fest und sagte: »Bleiben Sie stehen – lassen Sie mich ...«
Er nickte Kreuzer zu, der den Arm der Frau nun festhielt, ging zum Bett, beugte sich über den Liegenden, faßte den herabhängenden nackten Fuß für zwei, drei Sekunden an, bewegte seine Hand wie winkend vor den offenen Augen des Jungen, richtete sich auf und sagte gepreßt: »Er lebt nicht mehr, Frau Kramer!«
»Nein ...«, flüsterte die Frau. Sie lächelte und schüttelte den Kopf. Es sah gespenstisch aus, wie sie lächelte. »Nein, nein, nicht wahr, das ist nicht wahr ...« Ihre Stimme war ganz leise und heiser – und das war schlimmer, als wenn sie geschrien hätte.
»Es tut mir sehr leid für Sie«, murmelte Klemens.
Die Frau riß sich aus Kreuzers Griff los, stürzte zum Bett, rüttelte den Toten, warf sich über ihn und fing an, laut auf ihn einzureden – immer lauter, immer schneller, als ob ihre Worte auf der Flucht vor ihrer Erkenntnis der schrecklichen Tatsache wären: »Jonny! Sag doch was! Wach doch auf ... Jonny! Hörst du mich? Mach doch keinen Unsinn! Du! Junge ...!« Und so weiter, bis sie schließlich in ein hemmungsloses, tränenloses Schmerz- und Angstgeschrei verfiel, in dem einzelne Worte nicht mehr zu erkennen waren.
Der kleine, hagere Mann, der Vater des toten Jungen, trat näher. Er hatte noch immer den Hut auf.
»Was ist denn, Hilde?« fragte er. »Was ist denn?« und lief zu ihr und rüttelte an ihrer Schulter und nun auch an der Schulter des

Toten herum und sah zwischendurch die beiden Kriminalbeamten an, die hilflos daneben standen, mit hängenden Armen, schweigend und ratlos.

Moritz Maier lag in einer Koje an Bord der Yacht ›Möwe III‹ und schlief.
Er schlief seit fast zwei Stunden tief und traumlos, erschöpft, wie einer nach einem Zwölfstundentag am Preßlufthammer. Das Boot hatte er sehr schnell gefunden.
Der kleine Yachthafen, ein zweihundert Meter langer toter Elbarm, war fast leer. Die Boote waren an diesem sonnigen Nachmittag alle draußen. Maier war aus dem Bus gestiegen, hatte sich mit seiner Reisetasche durch die Ausflügler und Spaziergänger gewunden, die in Hundertschaften am Anleger Teufelsbrück standen und staunten, herumspazierten und auf dem Rasenstreifen und auf den Bänken saßen.
Der Fluß zeigte sich von seiner freundlichsten Seite. Die großen Kräne der Werft drüben über dem breiten Strom spiegelten sich in der kaum kräuseligen Flut. Es roch nur mäßig nach Chemie und Schlick. Viele Segel, weiße und bunte, tupften die Wasserfläche. Zwischen das Stimmengewirr und Gelächter, die Rufe und den Motorlärm von der Elbchaussee schlängelte sich ein Leierkastengetüdel und hie und da das Tuten eines Ausflugsdampfers.
Das Boot, das Maier, wie gesagt, schnell gefunden hatte, weil außer diesem nur sechs oder acht andere, kleinere da vor Anker lagen – das Boot war schon von außen sehr hübsch. Maier verstand nichts von Segelbooten. Er hätte nicht sagen können, zu welcher Klasse die ›Möwe III‹ gehörte, ob die Yacht ein Jollenkreuzer, eine Kielschwert-Yacht oder eine Kreuzeryacht war. Er verstand nichts vom Segeln. Er war schon öfter mit Leuten

zusammengetroffen, die Segler waren, ein Boot besaßen oder über Boote Bescheid wußten und darüber sprachen. Er hatte sich zwar über den Eifer amüsiert, mit dem jene ihre Wasser- und Wind-und-Wellen-Weltanschauung propagierten, er hatte wohl auch bei den Summen gestaunt, die diese Weltanschauung kostete, hatte sich überlegt, daß er – auch wenn er's hätte – keine zwanzig-, dreißig- oder gar hunderttausend Mark für so ein Schwimmdings ausgeben würde – und war nie zu erwärmen gewesen für die feuchtkühle Lebensweise der Segler in den hiesigen rauhen Breiten. Was für ein Unsinn, hatte er oft gedacht, da haben die Menschen hübsche Häuser mit gepflegten Gärten, komfortablen Küchen, fließend heißem Wasser aus der Wand, gekachelte Badezimmer, Swimmingpools mit allen Schikanen, wunderbares Porzellan, kostbares Silber – und dann quetschen sie sich von Freitag bis Sonntag und während ihrer Ferien in die Enge eines wackeligen Fahrzeugs, wärmen sich auf Spirituskochern Konserven, waschen sich, wenn überhaupt, unter unzulänglichen Umständen, verrichten ihre Notdurft in stinkigen Kabinen auf vorsintflutlichen Behältern, verzichten auf Keller, kaltes Bier und Kühlschrank – und finden das auch noch erholsam, romantisch und sonst noch was …

Aber er war selbst noch nie auf einer richtigen Luxusyacht gewesen; und als er nun, an diesem Sonntagnachmittag, auf der Flocht vor einer Nacht, von der er nichts Genaues mehr wußte, die ›Möwe III‹ an dem Tau, mit dem sie befestigt war, so weit herangezogen hatte, daß er an Bord springen konnte, da war es ihm auch egal, ob so ein Segelboot komfortabel oder primitiv, erholsam oder romantisch oder sonst was war. Hauptsache, er konnte hier unterschlüpfen, ohne vor jedem Telefon- und Türklingeln zu erschrecken. Er hatte also keinerlei Ansprüche an das Notquartier gestellt und war deshalb sehr angenehm überrascht gewesen, als das Innere der Yacht eher an ein First-class-Hotel als an eine Notunterkunft erinnerte.

In der Kombüse stand ein geräumiger Kühlschrank, der neben Lebensmitteln und Leckereien in einem besonderen Fach dreierlei Sorten Bier barg. Maier hatte sich eine Flasche vom besten genommen, denn Ruscheweys Mittagessen wollte gelöscht sein, hatte Jacke und Schuhe ausgezogen, eines der Backbord-Bullaugen in der gemütlichen Eignerkabine aufgemacht, die Flasche geöffnet, getrunken, sich auf das bequeme Lager gestreckt und die Augen geschlossen – und war eingeschlafen, noch ehe er die Flasche leertrinken konnte. Sie stand auf dem Bordbrett neben dem Kopfende der Bettkoje in einem Kupferring und schwankte sachte mit den kaum spürbaren Schwingungen der Yacht.
Das Stimmengewirr der Spaziergänger, das Rufen, Lachen und Motorgebrumm, das Dampfertuten floß mit dem Geplätscher des schmuddeligen Elbwassers an den Bordwänden zusammen, nur das Leierkastengedudel blieb deutlich und das Ticken der Uhr über der Kajütentür. Der kleine Zeiger kroch gemächlich über die Sieben.
Maier schlief.

Es war Kommissar Klemens und Inspektor Kreuzer mit gutem Zureden und sanfter Gewalt gelungen, das verstörte Elternpaar Kramer von der Leiche des Jungen weg ins Erdgeschoß zu lotsen. Kreuzer hatte über Funk Kriminalrat Siebenhaar verständigt, und dieser hatte die Kriminaltechniker, Spurensicherer, Fotografen und den Arzt in Bewegung gesetzt. Die Männer waren oben im Zimmer des Jungen an der Arbeit. An der zerschlagenen Scheibe der Terrassentür hatten sie schon gesucht und gesichert, was zu suchen und zu sichern war.
Die kleine mollige Frau Kramer saß mit gefalteten Händen, erloschenem Blick und hängenden Schultern in einem der plumpen Sessel. Sie saß zwischen den schwellenden Polstern und

beantwortete geistesabwesend ganz mechanisch die Fragen, die Klemens ihr stellte.
Vater Kramer hockte auf dem Sofa. Er rauchte einen Zigarillo. Wie verstört, verschreckt, zerbrochen die zwei alten Leute waren, zeigte sich darin, daß der Mann die Asche seines Zigarillos achtlos auf den Teppich fallen ließ, ohne es zu merken, ohne von seiner Frau darauf mit strafenden Worten und Blicken aufmerksam gemacht zu werden. Es mußte schlimm um die beiden Alten stehn, daß so was geschehen konnte.
»Hat Ihr Sohn irgend etwas erzählt – irgendwas Ungewöhnliches oder Besonderes – in der letzten Zeit?« fragte Klemens.
»Nein, nein ... nichts!« Der Mann dachte nach, was sich im angestrengten Zusammenziehen seiner Augenbrauen ausdrückte. »Dir, Hilde?«
Die Frau schüttelte den Kopf.
»Kennen Sie die Jungen oder die jungen Männer und die Mädchen, mit denen er befreundet oder bekannt war?« fuhr Klemens fort.
Schweigen.
»Das sind so viele«, sagte der Vater schließlich, »aus seiner Klasse von früher und aus dem Sportverein und so. Mal kommt der und mal ein anderer, wissen Sie? Und Mädchen? Ja, das war auch so, was richtig Festes hat Jonny da nicht.« Er war noch nicht soweit, von seinem Sohn in der Vergangenheitsform zu sprechen. ›Er ist‹ sagte er, und ›Er hat ...‹ Das dauerte bei manchen Wochen, bis sie ›er war‹ oder ›er hatte‹ sagten.
»Außer Brigitte!« warf Mutter Kramer ein. »Mit der ist er ja schon seit einem Jahr zugange ...«
»Ja«, nickte der Alte, »die trifft er öfter, und hier gewesen ist sie, glaub ich, auch schon ...«
»Nein«, widersprach die Frau, »aber er will immer, daß sie mal kommt ...«
»Wie heißt denn das Mädchen?« fragte Klemens.

»Brigitte – sag ich doch!« sagte der Alte.
»Und wie noch? Familienname?«
»Weiß ich nicht«, maulte Vater Kramer.
»Komischer Name«, sagte die Mutter, »Roko … irgendwie. Die kommen aus Ungarn, sagt Jonny. Die Mutter ist verwitwet, muß aber 'ne ganz gute Rente haben oder Pension oder so, denn sie arbeitet nicht, sagt Jonny.«
»Wissen Sie vielleicht zufällig, wo das Mädchen wohnt?« fragte Klemens mit einem Hoffnungsschimmer.
»Nein«, sagte Vater Kramer, und auch die Mutter schüttelte wieder den Kopf. »Im Zentrum, glaub ich«, sagte sie nur.
Von oben kam einer der Kollegen heruntergepoltert. Er klopfte, steckte den Kopf durch die Tür und fragte: »Kann ich Sie mal sprechen, Herr Klemens?« Klemens stand auf und ging zu ihm auf den schmalen Flur.
»Wir haben am Lichtschalter und auf einem Plastikbecher, der auf der Erde lag, Abdrücke gefunden, die wir schon kennen«, sagte er.
»Nanu!« staunte Klemens. »Woher? Bei der Menge, die Sie täglich …«
»Die rechte Daumenkuppe hat eine Narbe«, erklärte der Spezialist, »der Abdruck ist auch in dem VW von Maier gewesen und in der Wohnung, die wir heute morgen dranhatten, wissen Sie?«
»In Maiers Wohnung?«
»Nein, da war's nicht – dort, wo die Tote im Bett lag, da in Blankenese, oder wo war das …?«
»Also von Maier selbst kann er nicht sein?« fragte Klemens.
»Nein«, sagte der Fachmann, »aber von jemand, der mit Maier zusammen war. Im Auto und in dieser Wohnung da. Ich tippe auf eine Frau, aber ich weiß es nicht ganz sicher.«
»Interessant … danke«, sagte Klemens nachdenklich. »Haben Sie ein Telefonbuch in Ihrem Wagen?«

»Möglich«, erwiderte der Kollege, »ich glaube, ja.«
»Würden Sie mal bitte nachsehen und es mir holen, wenn da eins ist.«
Der Spurenleser lief hinaus, Klemens ging zurück in die gute Stube.
Kreuzer saß schweigend neben der Tür. Die beiden alten Leute hockten unverändert in ihren Polstermöbeln. Nur das Aschehäufchen auf dem Teppich war größer geworden.
»Haben Sie eine Ahnung, ob die Freundin des … Ihres Sohnes, diese Brigitte Roko … und so weiter, ob sie ein Telefon hatte?« fragte Klemens.
»Ich glaube, ja«, gab Vater Kramer zurück. »Ja – sicher sogar! Jonny läuft alle naselang vor zur Telefonzelle an der Bushaltestelle, um sie anzurufen. Weil wir selber doch keins haben, verstehen Sie?«
»Ja«, sagte Klemens geduldig. Er überlegte, in welchem Zusammenhang der tote Junge mit Maier gestanden haben könnte. Die Stimme, die seinen Tod telefonisch gemeldet hatte, konnte vielleicht der Frau oder dem Mädchen gehören, derjenigen, deren Fingerabdrücke … Klemens kam nicht dazu, den Gedanken weiter zu verfolgen. Der Spurensicherer trat ein und brachte das Telefonbuch aus dem Material- und Gerätewagen der Mordkommission.
Klemens blätterte. »Hier!« sagte er und fuhr mit dem Finger die Spalten entlang: »Rotkohl, Karl, Ingenieur … Rotkohl?« fragte er.
»Nein«, sagte Vater Kramer.
»Rokorp?«
»Nein«, sagte Vater Kramer.
»Rokoszny, Ilona … das könnte doch … Ilona! Hören Sie, Herr Kramer: Rokoszny!«
»Ich glaube, das könnte der Name sein«, nickte der alte Mann. »Was meinst du, Hilde?«

Seine Frau hob den Blick. »Elsbeth soll kommen«, sagte sie.
»Das ist unsere Tochter«, erläuterte Vater Kramer.
»Wir benachrichtigen Ihre Tochter«, versprach Klemens und stand auf. »Rokoszny, Ilona – Neuendorfer Straße 11 ... Kommen Sie mit!« sagte er zu Kreuzer. »Wir wollen mal sehn, ob wir dort was finden. Wie spät ist es?«
Wie zur Antwort fing die Standuhr an zu dröhnen.
»Fünf Minuten nach sieben!« rief Kreuzer in das Uhrengedröhn. »Die geht nach.«

Klemens fuhr die vierzehn Kilometer bis zur Neuendorfer Straße in der Stadtmitte in elf Minuten. Selbst Kreuzer, der sonst nicht ängstlich war, lernte beinahe das Fürchten bei dieser Fahrerei durch den Sonntagabend-Verkehr.
»Warum haben Sie's eigentlich so eilig?« fragte er, als sie an einer Ampel gestanden hatten, Klemens beim ersten Gelbschimmer lospreschte und um ein Haar mit einem großen Mercedes kollidierte, der noch bei Gelb von der anderen Seite über die Kreuzung schlüpfen wollte.
»Vielleicht ist Maier unschuldig«, sagte Klemens, »und wir haben nur noch knapp zwei Stunden Zeit ...«
»Das verstehe ich nicht«, sagte Kreuzer.
»Wenn er unschuldig ist«, erklärte der Kommissar, »und sie drehen ihn um neun durch ihre Fernseh-Mühle, gibt es viel Ärger – für uns, für den Sender, vor allem aber für Maier, klar? Da haben sich schon Leute das Leben genommen, als die Jagd auf sie losging.«
»Ja«, nickte Kreuzer, »aber in zwei Stunden ...?«
»Ich muß es wenigstens versuchen, ihn zu finden. Das ist nicht nur eine Frage des Ehrgeizes, Kreuzer, das ist eine Frage der Menschlichkeit sozusagen, finden Sie nicht?«

»Hm …«, machte Kreuzer und versuchte, trotz der aufregenden Autofahrerei seines Chefs darüber nachzudenken.

Frau Ilona verwitwete Rokoszny geborene Gyöngyösi, die Mutter Brigittes, saß mit roten Backen und feuchten Augen vor dem Fernsehapparat. Sie kämpfte mühsam gegen einen wie wallende Nebel auf- und absteigenden Schwips und murmelte vor sich hin, während sie verständnislos die flimmernde Scheibe ansah, auf der das Bild immerzu wegkippend von unten nach oben lief.

»So ein Blödsinn, diese modernen Filme«, brabbelte die graublonde Endvierzigerin und rieb sich mit den etwas kurz geratenen molligen Fingern die Stupsnase. »So ein Quatsch! Das soll nun einer kapieren … und schön finden … Also, ich weiß nicht!«

Sie hatte den Ton so laut gestellt, daß sie erst das zweite, längere Klingeln hörte.

»Hat das Mädchen wieder den Schlüssel …?« knurrte sie, stemmte die gedrungene Gestalt aus dem Sessel, mußte sich zwei Sekunden an der Tischkante festkalten und lief dann zur Tür, um zu öffnen. Sie erschrak, als sie die zwei Männer sah.

»Guten Tag«, sagte Klemens, »entschuldigen Sie die Störung, mein Name ist Klemens … Frau Rokoszny?«

»Ja … ja, schon … aber …« Frau Rokoszny blinzelte und suchte nach Worten. Dieser verfluchte Kirschlikör bei Grete! Sie hatte zwar nur drei Gläschen – oder vier …?« Was wünschen Sie?« Das kam ihr gut und glatt über die Lippen.

»Wir hätten Sie gern um eine Auskunft gebeten«, sagte Klemens, der – von einem Hauch aus Ilona Rokosznys Munde getroffen – erkannt hatte, in welchem Zustand sich die kleine, rundliche Frau im großgeblümten kunstseidenen Kleid befand.

»Ja?« fragte Ilona nur und sah, mit kaum merkbarer Verzögerung zwischen Blick und Kopfbewegung, nacheinander die beiden Kriminalbeamten an.
»Es handelt sich um – um Ihr Fräulein Tochter«, erklärte Klemens. Er sah im Geiste den Uhrzeiger laufen und glaubte zu spüren, wie seine Ungeduld ihm allmählich bis zum Hals stieg; er mußte die Zähne zusammenbeißen, um die beschwipste großgeblümte Dame nicht anzubrüllen. Er biß also die Zähne zusammen und fuhr mit zusammengebissenen Zähnen fort, als er sah, wie Frau Rokosznys Augen sich ängstlich weiteten: »Ihre Tochter ist mit einem jungen Mann befreundet – Jonny Kramer ... Aber vielleicht dürfen wir reinkommen? Es spricht sich so schlecht im Treppenhaus ...«
Ilona Rokoszny zögerte: »Ich weiß aber doch gar nicht, wer Sie ...«
»Kriminalpolizei!« sagte Klemens.
»Um Himmels willen!« rief Brigittes Mutter. »Kommen Sie rein.« Sie öffnete weit die Tür und hielt sich daran fest. »Kommen Sie näher – na so was! – Kri ... Krami ... Kriminal ...« Das Wort war zu schwierig für ihre schwere Zunge. »Hat er was ausgefressen, der Lümmel, der Hallodri? Zuzutrauen wär's ihm schon, hihi ... Ich habe schon öfter zu Brigitte gesagt ... Nun treten Sie doch endlich ein! ... zu Brigitte gesagt ...« Sie brach ab. Sie hatte den Faden verloren und kicherte.
»Was haben Sie zu Ihrer Tochter gesagt?« wollte Klemens wissen.
Sie sah ihn an und lächelte selbstvergessen. Plötzlich entfuhr ihr ein kleiner Rülpser. Sie lief rot an. »Pardon!« sagte sie. »Ich habe ein Glas Kirschlikör ... Ich kann das nicht mehr vertragen ... Ja früher, wissen Sie, hätte mir das nichts ausgemacht. Auf unseren Gütern bei Hodmezovásárhely – als ich noch ein Mädchen war, da haben wir ...«
Klemens unterbrach sie. Er hatte keine Lust auf Jugenderinnerun-

gen ungarischer Gutsbesitzerstöchter. »Wo ist denn Ihre Tochter, Frau Rokoszny?«

»Ich weiß nicht«, sagte Brigittes Mutter weinerlich. »Sie ist oft irgendwo, wo ich es nicht weiß, wissen Sie? Mädchen sind wie ... wie ...« Ihr fiel nicht ein, wie Mädchen sind; also gab sie es auf und schluchzte, ohne eigentlich zu wissen, warum.

»Hat sie Ihnen erzählt, wo sie gestern abend war – oder in der vergangenen Nacht?« fragte Klemens.

Der Fernseher klang so laut durch die offene Wohnzimmertür, daß er laut reden mußte. »Machen Sie doch bitte den Kasten aus!« bat Klemens seinen Assistenten. Kreuzer ging in das Zimmer.

»So 'n verrückter moderner Film!« sagte Frau Rokoszny. »Man kann überhaupt nichts erkennen. Das soll nun Kunst sein! Zu meiner Zeit hätten sie solche Künstler eingesperrt. Ich kenn mich da aus, meine Herren, weil ich – im Vertrauen – auch eine künstlerische Ader habe, jawohl. Ich habe als Kind schon im Schulballett in Hodmezovásárhely ...« Und nun hob sie tatsächlich mit der linken Hand den Rock ihres geblümten Kleides ein wenig an, so daß ihre knubbeligen Knie sichtbar wurden, und versuchte ein paar ungarische Tanzschritte, wobei sie die Rechte an den Hinterkopf legte. Fast wäre sie umgefallen dabei, wenn Klemens nicht zugegriffen hätte.

»Also Sie wissen nichts, Frau Rokoszny?« Der Kommissar versuchte es noch einmal in aller Ruhe. Kreuzer sah ihm an, wie er sich zusammennahm, und spürte einen Anflug von Bewunderung. Er, Kreuzer, würde die besoffene Spinatwachtel zusammenstauchen, daß ihr Hören und Sehen verginge – aber das brachte ja im allgemeinen auch nichts ein. Die Geduldmasche war besser, doch man brauchte sehr gute Nerven dazu.

»Sie wissen also nicht, wo Ihre Tochter gestern abend war, wo sie jetzt ist, wo sie heute abend sein wird? Das ist aber schade, Frau Rokoszny!« sagte Klemens.

»Heute abend ist sie bestimmt zu Hause«, erwiderte Ilona Ro-

koszny, vom Tanzversuch etwas außer Atem. »Ich glaube nicht, daß sie dorthin geht. Sie hat's jedenfalls versprochen.«
»Wohin?« fragte Klemens.
»Ach, da war heute vormittag so ein komischer Anruf«, erinnerte sich Brigittes Mutter; »erst, als sie noch schlief – und nachher noch mal. Irgendwer mit einer Flüsterstimme. Eigentlich eine Frechheit, nicht? Flüstert und nennt nicht mal seinen Namen … Also so was wäre früher nie …«
»Weiter!« sagte Klemens ziemlich barsch.
Sie fuhr ein bißchen zusammen und war mit einemmal ziemlich ernüchtert. »Ach ja – ach so … Na ja, und dann noch mal, als Brigitte gerade frühstückte. Ich habe keine Ahnung, was der eigentlich wollte. Sie sollte um acht heute abend zu dem kleinen Hafen Teufelsbrück kommen … Es wäre wichtig, hat er gesagt, hat sie gesagt … Es wäre was passiert … Man kann nicht feststellen, ob es ein Mann oder eine Frau ist, wenn jemand flüstert. Oder können Sie das bei der Polizei?«
»Teufelsbrück – um acht«, wiederholte Klemens.
»Ja«, bestätigte Frau Rokoszny, »aber sie will da bestimmt nicht hingehen …«

Brigitte Rokoszny stieg am Rathausmarkt in den Schnellbus, der die Elbchaussee entlang über Blankenese bis an die Stadt- und Staatsgrenze Hamburgs hinter Rissen fährt.
»Nach Teufelsbrück«, sagte sie zu dem kassierenden Fahrer und legte Geld auf den Zahlteller. »Halten Sie dort?«
»Direkt beim Anleger, Fräulein!« erwiderte der Mann, gab ihr den Fahrschein und lächelte sie an. Sie nahm keine Notiz davon und lächelte auch nicht zurück, verzog nicht mal die Mundwinkel. Alberne Zimtziege! dachte der Fahrer, legte den Gang ein, gab Gas und setzte sein Monstrum in Bewegung. Er warf, als er sich

in den Verkehr eingefädelt hatte, einen Blick durch den Spiegel. Der Bus war fast leer. Das hübsche Mädchen – die Zimtziege – saß allein auf einer Bank, schaute vor sich hin und machte ein Gesicht wie jemand, der zu einer Gerichtsverhandlung fährt oder zu einer Beerdigung.
Entweder kriegt sie 'n Kind, dachte der Fahrer, aber so dusselig sieht sie auch wieder nicht aus – oder ihr Knilch hat sie versetzt, was ich nicht verstehen kann … So 'n niedliches Mädchen! Aber vielleicht ist sie langweilig. Oder das Gegenteil – und beides kann furchtbar anstrengend sein. Was will sie wohl Sonntag abends am Teufelsbrück-Anleger. Die Fähre geht nicht mehr am Sonntag. Auf der Werft wird auch nicht gearbeitet – also kann sie keinen abholen. Und wenn sie ins Wasser will, das kann sie auch an den Landungsbrücken haben. Da ist es auch nicht flacher oder nasser oder kälter. Scheibenkleister, daß ich diesen idiotischen Bus nicht einfach eine halbe Stunde stehenlassen kann. Sonst würde ich aussteigen, hinterher, und mal sehen. Die ist schon sehr süß. Die möcht ich wohl vor dem Ertrinken retten und so …
Der Busfahrer hatte Zeit und Gelegenheit, sich die Rettungsaktion und alles Weitere – Dankbarkeit, Zärtlichkeit, Liebe und so weiter – auszumalen. (Nein, nicht ›und so weiter‹ – das, was im allgemeinen nach der Liebe kommt, malte er sich nicht aus. Das malen sich ja die meisten nicht aus.) Er hatte Zeit und Gelegenheit, weil er die Strecke gut kannte, und er hatte Spaß daran, sich vorzustellen, wie es mit diesem Mädchen wohl wäre, das er durch den Spiegel immer wieder betrachtete. Hübsche Knie. Donnerwetter noch mal … und oben rum auch alles okay, wie es schien.
Brigitte spürte die hungrigen Blicke und begegnete den Augen des Fahrers im Spiegel, aber das drang ihr nicht unter die Haut, wie sonst, weil sie ganz und gar von einer Hülle aus Angst und Wirrnis und Unwirklichkeit umgeben war, an der sich ihre Gedanken die Flügel wund flatterten.

Nach ihrem Anruf bei der Polizei war sie stundenlang in der Stadt umhergelaufen – oder tagelang? Oder wochenlang? Sie hatte in einem Nonstop-Kino am Bahnhof gesessen, hatte einen Film gesehen, dessen Inhalt sie schon beim Verlassen des muffigen Saals vergessen hatte; sie war hin- und hergerissen gewesen, ob sie oder ob sie nicht nach Teufelsbrück fahren sollte, und war also dann schließlich doch noch kurz nach halb acht in den Schnellbus gestiegen, den sie nun, von den Blicken des Busfahrers begleitet, wieder verließ.
Es war unterdessen schon ziemlich dunkel geworden. Ausflügler und Spaziergänger hatten sich verlaufen. Nur ein altes Ehepaar ging langsam, im Gleichschritt, einen dicken Dackel an der Leine, den Uferweg entlang. Auf den Bänken saßen noch einige Leute, und an der Bushaltestelle auf der anderen Straßenseite wartete eine Mutter mit einem kleinen, vor Müdigkeit maulenden Mädchen.
Der Parkplatz vor dem Anleger stand allerdings noch voller Autos, und im kleinen Yachthafen lagen inzwischen auch wieder Boote in allen Größen vertäut, zum Teil mit Planen abgedeckt, und machten den Eindruck arbeitsmüder Pferde in einem Stall.
Brigitte sah sich um, ob irgendwo jemand stünde, den sie kannte, entdeckte niemand und ging quer durch die parkenden Wagen auf den Steg zu, der zum Anleger führte. Vom Wasser her kam ein kühler, feuchter Wind. Sie fröstelte, knöpfte ihren Trenchcoat bis oben zu und schlug den Kragen hoch. Den weißen Mercedes zwischen den Dutzenden anderer parkender Wagen sah sie nicht. Aber die beiden Gestalten, die schweigend und rauchend in dem Wagen saßen, entdeckten Brigitte fast gleichzeitig.
»Da ist sie!« sagte das Mädchen mit den langen weißblonden Haaren.
»Gut«, erwiderte der junge Mann, »sehr gut. Sogar noch eine Viertelstunde früher ... Ich hatte eigentlich nicht gedacht, daß sie kommt.«

»Was willst du denn machen, Karl, wenn sie nicht ...?« fragte die Weißblonde.
»Sie wird schon!« sagte er, drückte seine Zigarette aus und öffnete den Wagenschlag. »Es ist kalt geworden, verflucht«, fuhr er im Aussteigen fort, »gib mir mal meinen Schal rüber, Zizie. Willst du nicht mitkommen?«
»Soll ich denn?«
»Aber klar. Es ist besser, wenn du dabei bist – auf alle Fälle. Sie glaubt's eher, verstehst du?«
Zizie nickte, stieg aus, zog schaudernd die Schultern zusammen und schlug die schwere Autotür zu.
Karl Hemling fingerte sich eine neue Zigarette aus der Schachtel. »Willst du?« fragte er über den Kühler und hielt dem Mädchen die Packung hin.
Sie schüttelte den Kopf. »Was soll bloß werden, wenn sie uns ablaufen läßt ...? Wenn sie Schwierigkeiten macht?«
Er trat neben sie, schob seinen Arm unter den ihren und sagte leise: »Dann ... aber laß mich man machen.«
Sie gingen Brigitte nach, die inzwischen vorn am Steg angekommen war, an dem gerade ein beleuchteter Ausflugsdampfer hafenwärts vorüberglitt. Musik und Gelächter drang über die dunkle, goldgesprenkelte Wasserfläche. Eine Frauenstimme rief »Ahoi!«. Ein paar Männer in einem Kutter mit blinkenden Positionslichtern, der flußabwärts tuckerte, erwiderten lachend den Ruf.
Karl Hemling und Zizie gingen von hinten auf Brigitte zu.
»Hallo, Biggy!« sagte Karl halblaut.

Maier erwachte. Er wußte nicht gleich, wo er war, sah im Dunkeln nur das Bullauge wie einen matten Vollmond, spürte das leise Schaukeln der Yacht, hörte die kleinen Wellen gegen das

Holz der Bootswand und um die Steine der Mole plätschern, die den Hafen vom Strom trennte, und brauchte eine halbe Minute, bis er im verfilzten Knäuel seiner Gedanken den Anfang des roten Fadens fand, an dem er sich in die Gegenwart tasten konnte.
Er hatte Appetit auf eine Zigarette, richtete sich auf, hätte beinahe die Bierflasche aus dem Kupferring gekippt, angelte sich sein Jackett und stellte ärgerlich fest, daß da in den Taschen auch nichts zu rauchen war. Er mußte die fast volle Schachtel im Auto gelassen haben ... Scheibenkleister!
»Hoffentlich hab ich ein paar Markstücke«, sagte er zu sich selbst, »dann such ich einen Automaten. Eine Kneipe ist vielleicht zu riskant ...«
In dem diffusen Licht, das durch das Bullauge fiel, versuchte er, die Münzen in seinem Portemonnaie zu erkennen. Das war ein Problem mit dem Licht. Er wagte nicht einmal, ein Streichholz anzuzünden, weil er fürchten mußte, es könnte jemand von draußen sehen.
Er merkte, daß es auf dem Platz ruhiger geworden war. Der Lärm der Stimmen war verstummt, auch der Leierkasten dudelte nicht mehr. Das Motorengebrumm von der Straße kam nicht mehr so ununterbrochen, sondern schwoll an und ebbte ab, schwoll wieder an und verstummte ab und zu ganz. Die Autokolonne hatte Lücken. Maier zog Jacke und Schuhe an, ging mit ausgestreckten Händen in Richtung Tür, stieß sich das Schienbein an einer Kante der Schlafkoje und fand endlich die Klinke. Er öffnete, sah erleichtert, daß in den Niedergang zur Eignerkabine, in der er geschlafen hatte, von Deck her ein wenig Licht fiel, und stieg hinauf. Er stieg nur so weit hinauf, daß er das Deck überblicken konnte. Vom Fluß her hörte er davonschwimmende Musik. Auf einem der Boote, die in dem Hafenbecken lagen, waren Stimmen zu hören. Ein Mann gab Anweisungen:
»Wenn die Luken alle dicht sind, können wir los. Hast du den Motor hochgekippt und verriegelt?«

»Ja«, antwortete eine junge Stimme, die einer Frau oder einem Jungen gehören konnte. Dann klang es wie ein Sprung – nun noch einer … Schritte.
»Den Wagenschlüssel hab ich«, sagte die junge Stimme schon entfernt.
Stille.
Maier wartete noch zwei, drei Minuten. Die Leuchtzeiger seiner Armbanduhr zeigten kurz vor acht. Er kroch auf allen vieren im Schatten, den die Decksaufbauten warfen, zum Bug der Yacht, zog sie Hand über Hand am Tau so weit langsam an die Molenkante, daß er hinüberspringen konnte, sah sich noch einmal um, lauschte, erhob sich schnell und sprang.
Verrückt, dachte er, als er auf der Mole stand, da bringe ich mich in Gefahr, riskiere, hier auf dem Boot gesehen und geschnappt zu werden – bloß um Zigaretten zu holen! Ich werde mir doch das Rauchen abgewöhnen … Er wandte sich dem Platz zu, in den die Mole mündete – da sah er im Gegenlicht drei Leute kommen und machte flink drei Schritte nach links zwischen die Weidenbüsche, die auf dem Molenkamm wuchsen. Maier konnte durch die Zweige erkennen, daß es ein Mann mit zwei Frauen war. Vier Meter vor Maiers Versteck blieben sie stehen. Maier stand sehr unbequem auf dem unebenen Boden. Die Weidenblätter kitzelten ihn im Nacken und im Gesicht. Er wagte nicht, sich zu bewegen. Der Mann fing an zu reden.
»Zizie und ich müssen mit dir sprechen, Biggy!« sagte er.
Maier stutzte. Er glaubte zu träumen. Die Stimme … Die Namen … Das war der Bursche von gestern nacht, klar! Und auch das Mädchen neben ihm war die Weißblonde! Ihr Haar schimmerte in der halben Dunkelheit wie Silber. Und die Kleine … Maier wollte schon den Fuß heben, wollte schon ihren Namen rufen. Aber irgendwas, Angst oder Mißtrauen oder Überraschung – irgend etwas zwang ihn, noch ein paar Sekunden zu warten. Und da hörte er den Jungen sagen:

»Der Kerl, den du vom Bahnhof mitgebracht hast, dieser Moritz, hat meine Schwester erstochen, heute früh!«
»Nein!« sagte die Kleine aufgeregt. »Nein, das glaub ich nicht!«
»Doch!« rief Zizie.
»Pst!« machte der Junge. »Seid leise, zum Teufel! Ich habe dich schon zweimal angerufen heute vormittag, Mädchen – ja, das war ich … Wir müssen besprechen, was wir sagen, falls sie uns ausfindig machen, hörst du?«
»Wo ist Moritz Maier?« fragte die Kleine – und Maier im Gebüsch war für einen Augenblick in Versuchung, »Hier!« zu rufen – und er würde es auch getan haben, wenn dieser Bursche, dieser Karl, nicht so, nicht in diesem Ton über ihn gesprochen hätte … ›der Kerl, den du vom Bahnhof mitgebracht hast …‹
»Wir wissen nicht, wo er steckt«, sagte Zizie.
»Er ist stiftengegangen«, fiel Karl Hemling ein. »Die Kripo ist schon hinter ihm her. Sie haben auch schon seine Wohnung …«
»Ich weiß«, sagte Brigitte.
»Woher weißt du das?« fragte Karl Hemling scharf.
»Ich wollte ihn anrufen. Da waren sie schon in seiner Wohnung«, erklärte sie.
»Ach? Warum wolltest du ihn denn anrufen?« fragte er. Er sprach noch leiser als zuvor. Drohend.
»Das geht dich einen feuchten Kehricht an!« sagte Brigitte kühl.
»Ach nee …« Der Bursche stemmte die Arme in die Hüften: »Das ist ja interessant! Da bringt so ein Ganove meine Schwester um und verschwindet, und du deckst ihn noch … Das ist ja …«
»Nun brems dich aber!« sagte Brigitte. »Erstens ist es nicht raus, daß Moritz es war; zweitens decke ich niemand, wenn ich ihn nach einer Party – nach einer ganz doofen Party übrigens – am nächsten Tag anrufe; drittens ist das meine Sache und viertens … Sag mal, woher weißt du das eigentlich, daß deine Schwester …?«
Sie war sehr erregt. Maier hörte es ihrer Stimme an. Und sie hatte

ihn angerufen … Und die Kripo war also tatsächlich hinter ihm her. Er merkte, daß seine Knie zitterten. Lange konnte er hier nicht mehr stehen.
»Woher ich das weiß?« fragte Karl Hemling. Es war deutlich, daß er zurückfragte, um Zeit für seine Antwort zu gewinnen. »Ich war am Vormittag noch mal dort, weil ich mein Feuerzeug … Die Hauswartsfrau hat's mir gesagt, daß oben alles voll Kripoleute wäre, und da bin ich gleich wieder los, weil ich mit euch – mit dir und mit Zizie vor allem – absprechen wollte, was wir sagen. Wir müssen uns da einig sein, hörst du?« Er redete eindringlich auf Biggy ein, stand mit vorgeneigtem Kopf vor ihr und unterstrich sein beschwörendes Gerede mit nachdrücklichen Gesten: »Vor allem mußt du aussagen, daß wir alle zusammen um halb zwei weggegangen sind. Bis auf diesen Maier natürlich … Wenn sie überhaupt rauskriegen, daß wir da gefeiert haben, verstehst du? Es kann ja sein, daß sie's gar nicht rauskriegen. Wir haben ja noch aufgeräumt und saubergemacht, ehe wir weg sind, und …«
»Mal langsam!« unterbrach Brigitte jetzt den Redestrom. »Wer hat saubergemacht?«
»Zizie und ich«, sagte er, »und meine Schwester natürlich.«
»Und wo war Moritz?«
»Der schlief«, sagte Zizie.
»Ja, der schlief«, bestätigte Karl Hemling.
»Er schlief ja schon, als ich mit Jonny …« Sie holte tief Luft: »… mit Jonny wegging. Da schlief er schon wie betäubt – ja, wie betäubt. Als ob ihm jemand was in den Whisky getan hätte!«
»Was in den Whisky getan? So was Blödes!« rief Hemling. »Wer sollte ihm denn was in den Whisky …«
»Ich mein ja bloß«, sagte Brigitte. »So schlief er – wie betäubt … Und dann: Wann warst du am Vormittag bei deiner Schwester?«
»Um elf rum«, sagte Karl Hemling. »Warum?«
»Weil ich es genau wissen wollte«, erwiderte das Mädchen. »Du lügst nämlich!«

»Jetzt wird's verrückt!« protestierte er. »Was fällt dir denn ein?«
»Du hast schon vor zehn Uhr bei mir zu Hause angerufen. Da schlief ich noch. Meine Mutter hat sich über deine Flüsterei geärgert und darüber, daß sie mich wecken sollte.« Brigitte machte eine kleine Pause. »Also hast du schon vorher gewußt, daß deine Schwester ...«
»Das bin ich nicht gewesen«, widersprach Karl Hemling.
»Aber eben hast du gesagt, daß du mich zweimal ange ...«
»Nun hört doch auf, euch um solche Kleinigkeiten zu streiten!« warf Zizie heftig ein.
»Das ist keine Kleinigkeit«, sagte Brigitte. »Ich will wissen, woher er vom Tod seiner Schwester ...«
»Hör doch endlich auf!« zischte Zizie.
»Nein«, beharrte Brigitte. »Mir kommt das Ganze komisch vor. Ich will, ehe ich weiter mit euch rede, wissen ...«
»Halt den Mund!« sagte Karl Hemling.
»Sie ist genauso stur wie Johnny«, maulte Zizie.
»Jonny?« Brigitte trat zwei Schritte zurück. »Was ist mit Jonny? Was wißt ihr von Jonny?«
»Du bist auch wirklich zu dämlich!« blaffte Karl Hemling leise seine weißblonde Gefährtin an. »Ich weiß nicht, was mit Jonny ist«, sagte er dann. »Ich habe ihn noch nicht erreicht ... Aber ich bin sicher«, fuhr er mit einem kleinen, bösen Lachen fort, »ich bin ganz sicher, daß er den Mund hält.«
Da sprang das Mädchen Brigitte ihn wie eine Katze an. »Du Schwein!« fauchte sie und krallte ihre Finger in sein Gesicht. »Du dreckiger, du mieser ...«
»Au! Du Miststück!« schrie er, keuchte und schlug zu. Sie taumelte gegen Zizie, die ihr mit einer schnellen Bewegung ihren Schal um den Hals schlang und ihn zuzuziehen begann.
»Aaah!« schrie Brigitte gurgelnd.
Maier fuhr dazwischen wie ein Hagelwetter. Er riß das weißblonde Mädchen an den Haaren zurück, schlug mit der Faust nach dem

Gesicht Karl Hemlings, das auf ihn zukam, streifte es nur, wurde von einem Schlag in den Magen herumgerissen, trat nach dem Angreifer, trat fest zu, traf ihn in den Unterleib, sah ihn in die Knie gehen und wollte sich nach der Weißblonden umsehen, als er an beiden Armen gepackt wurde.
»Was ist hier los?« fragte Klemens, der Maiers linken Arm hielt.
»Hilfe!« schrie Moritz Maier, und noch einmal: »Hilfe!«
»Er hält uns für Gangster«, sagte Kreuzer an Maiers rechtem Arm.
»Das ist ein Irrtum, Herr Maier«, sagte Klemens, »wir sind Kriminalpolizei, und ich nehme Sie fest wegen Verdacht des Mordes an Frau ...«
»Ja! Er ist es gewesen!« schrie Zizie hysterisch im Hintergrund.
»Er hat sie erstochen! Und jetzt wollte er auch uns ...«
»Das ist nicht wahr!« rief Brigitte. »Ich glaube, ich kenne die wahre Geschichte.«
»Wer sind Sie?« fragte Klemens.
»Brigitte Rokoszny.«
»Und wer sind die anderen, außer Herrn Maier?« wollte Klemens wissen.
Karl Hemling selber antwortete nicht. Immer noch stöhnend von dem Tritt, kauerte er auf den Steinen. Zizie schwieg böse. Brigitte sagte es dem Kommissar.
»Kommen Sie alle mit, los!« befahl Klemens. »Können Sie laufen?« fragte er den laut stöhnenden Karl Hemling.
»Lassen Sie mich los, bitte!« bat Moritz Maier. »Ich reiße nicht aus. Dort auf dem Boot ist auch meine Tasche mit der Mordwaffe ...«
»Also doch!« sagte Kreuzer.
»Ich weiß es nicht ...«, sagte Maier leise.
»Nein!« sagte Brigitte.
»Wir werden sehen!« sagte Klemens. »Wie spät, Kreuzer?«
»Zwanzig fünfzehn«, meldete Kreuzer.
»Laufen Sie mit den Damen voraus zum Wagen. Rufen Sie die

Fernsehleute an. Sagen Sie einen herzlichen Gruß von mir, ich bedauerte aufrichtig, aber die Suchsendung nach Herrn Maier muß leider, leider ausfallen: Wir haben ihn!«
»Mach ich!« Kreuzer grinste und forderte Zizie und Brigitte auf: »Darf ich bitten, die Damen?«

Es war halb zwölf, als Brigitte Rokoszny und Moritz Maier das Polizeipräsidium verließen. Sie liefen über die leere Straße zur S-Bahn-Station. Es nieselte. In dem nassen Asphalt spiegelten sich die Straßenlampen und letzten Lichtreklamen.
»Haben Sie nun eigentlich mitgekriegt, warum er es getan hat?« fragte das Mädchen.
»Ja ... Spielschulden, gefälschte Wechsel auf den Namen seiner Schwester«, rekapitulierte Maier, »und die Chance, einen anderen zum Mörder zu stempeln. Ein gemeiner Plan. Erst hatte er an Jonny gedacht – dann an mich, als Sie mich mitbrachten. Ich muß ihm wohl geeigneter erschienen sein. Es hätte ja auch beinahe geklappt, nicht wahr? Wenn Sie und Ihr Freund Jonny mitgespielt hätten, säße ich mindestens zehn Jahre oder mehr – noch dazu, wo ich das Messer bei mir hatte und nichts Genaues mehr wußte.«
Brigitte schwieg.
Sie gingen die Stufen zum Bahnsteig hinab. Das kalte Neonlicht in dem gekachelten Gebäude machte ihre Gesichter zu Masken.
»Übrigens«, sagte sie leise, »Jonny war kein schlechter Kerl ... Sonst hätten sie ihn auch nicht umgebracht. Er hat sich nicht breitschlagen lassen, Ihnen den Mord anzuhängen. Aber mein Freund, wie Sie sagen – so war das auch nicht ...«
»Haben Sie keinen Freund?« fragte Moritz Maier und sah sie an.
Sie schüttelte den Kopf.
»Dann wird es aber höchste Zeit!« sagte er und schob seinen Arm unter den ihren.